W9-BFT-693

LEÑADORAS

EL PODER DEL UNICORNIO

LIBRO PRIMERO

MARIKO TAMAKI

CON ILUSTRACIONES DE BROOKE ALLEN

BASADO EN LOS CÓMICS DE LAS LEÑADORAS,
CREADO POR SHANNON WATTERS, GRACE ELLIS,
NOELLE STEVENSON Y BROOKE ALLEN

TRADUCCIÓN DE INGA PELLISA

Rocaeditorial

TÍTULO ORIGINAL EN INGLÉS: *LUMBERJANES #1: UNICORN POWER*

PRIMERA EDICIÓN: SEPTIEMBRE DE 2018

AV. MARQUÈS DE L'ARGENTERA 17, PRAL.
08003 BARCELONA
ACTUALIDAD@ROCAEDITORIAL.COM
WWW.ROCALIBROS.COM

IMPRESO POR EGEDSA
ISBN: 978-84-17167-86-8
DEPÓSITO LEGAL: B-17405-2018
CÓDIGO IBIC: YFC
CÓDIGO DEL PRODUCTO: RE67868

PARA TODAS LAS LEÑADORAS QUE HAY AHÍ FUERA. Y PARA HEATHER BSS.

M. T.

MANUAL DE CAMPO DE LAS

LEÑADORAS

PROMESA DE LAS LEÑADORAS
Me comprometo solemnemente a dar lo mejor de mí

día tras día, y en todo lo que haga,
a ser fuerte y valiente,

honesta y compasiva,
interesante e implicada,

a atender y cuestionarme
el mundo que me rodea,

a pensar en las demás primero,
a proteger y ayudar siempre a mis amigas,

~~A practicar la oración y tener fe en Dios,~~
y a hacer del mundo un lugar mejor

para las Leñadoras
y para el resto de la gente.

AQUÍ VENÍA UNA FRASE SOBRE DIOS O ALGO

PRIMERA PARTE

If you know how far to go, and follow trails, how to walk without getting tired, how to build a fire that will burn and how to protect yourself from the weather, and other more unnatural or even supernatural forces, your wits are likely to win in this matching contest. You need to practice outdoor housekeeping, in all its forms, before you can be a real explorer or camper.

The out-of-doors is just outside your door, whether you are a city girl or a country dweller. Get acquainted with what is near at hand and then be ready to range farther afield. Discover how to use all the ways of getting to hike over hill and dale, to satisfy that outdoor appetite with food cooked to a turn over a hunters fire, to live comfortably in the open—all of these seem especially important to a Lumberjane. She is a natural born traveler and pathfinder. She has an urge to get out and match her wits with the elements, to feel the wind, the sun and even the rain against her face.

PIENSA EN VERDE

«Los herbívoros comen brotes y un montón de hojas.»

Entre las muchas cosas que adoran las Leñadoras, disfrutar de la naturaleza al aire libre está en lo primerito de la lista. No debería sorprendernos, porque el aire libre, como su nombre indica, es la mar de libre, y ahí fuera está lleno de cosas que las Leñadoras pueden descubrir y disfrutar. Bosques majestuosos, montañas imponentes, arroyos fragorosos: todos ellos dan a la naturaleza su esplendor; pero no hay que olvidar tampoco otras muchas maravillas diminutas, como las setas venenosas, las crisálidas, los líquenes y el musgo, por mencionar solo algunas.

Una leñadora debe aprender a valorar y a comprender, y en último término a proteger, todas las manifestaciones del mundo natural. Pensemos, por ejemplo, en el sinfín de plantas que viven y crecen en el bosque, plantas que generan oxígeno y que alimentan a su vez al bosque de muchísimas maneras. El bosque está repleto de plantas que, si nos fijamos bien...

1

Hacía un día espléndido. En los bosques que rodeaban el Campamento para Chicas Molonas de miss Qiunzella Thiskwin Penniquiqul* Thistle Crumpet, los árboles se erguían ufanos y lanzaban sus ramas al cielo con un ademán plácido, alongado y eterno. El sol se colaba por entre las hojas susurrantes y salpicaba el lecho del bosque con motitas de luz aquí y allá, como una frondosa discoteca.

Era un día perfecto para ser leñadora, la verdad; aunque cada día, si se hace buen uso de él, es un día perfecto para ser leñadora. Porque las Leñadoras son geniales: entregadas siempre a la amistad, a aprender, a indagar, a cuidar de las demás y dispuestas a lanzarse a la aventura con todo su entusiasmo en cualquier momento.

Ese día en concreto, cinco Leñadoras —las que componían la

* Pronunciado Pe-ni-qüi-quel.

cabaña Roanoke— deambulaban por el bosque decididas a hacer que ese día en concreto fuese algo bestial.

Estaba April, la pelirroja, que iba en cabeza con gesto determinado y su sempiterno cuaderno debajo del brazo. April era pequeña pero fuerte, la encarnación de una ferocidad típicamente apriliana, un característico ímpetu aprilesco, que cualquiera que hubiese echado alguna vez un pulso con ella conocería.

Después venía Jo, que la seguía, muy alta, con pasos largos y regulares. Jo llevaba siempre una navaja suiza en el bolsillo y una mirada seria en su cara alargada. A veces, cuando contemplaba el mundo lo veía a través de todos los cálculos y numeritos que tenía en la cabeza, fragmentos de lo que sabía del funcionamiento del mundo.

Luego teníamos a Mal, que sabía tocar la guitarra y era la mejor jugadora del escondite y de atrapa la bandera de la historia. Mal era una maestra de la estrategia y a menudo la primera en notar que algo no pintaba bien. Además, detestaba las masas de agua. Detestaba. Las masas. De agua.

Mal caminaba de la mano de Molly.

Molly era la única de la cabaña que tenía su propio gorro de mapache personal, que en realidad era un mapache llamado Pompitas. Tenía el pelo dorado como el sol, recogido en una trenza, y una voz muy dulce. A Molly se le daba bien encontrar lo mejor de cada persona en todos los que la rodeaban, aunque a veces le costaba encontrarlo en ella. Dando saltitos por ahí a la cola del grupo estaba Ripley, con su mechón azul balanceándose delante de los ojos. Ripley, por cierto, daba los mejores abrazos del mundo, y cuando algo le gustaba, le gustaba MUCHO.

—¡A ver! —April abrió el cuaderno para revisar la lista—. Tenemos ahora mismo tres tipos de musgo…

—Cojinete, capilar y escoba —recitó Jo contándolos con los dedos.

—¡Escoba de cojinete capilar! —soltó Ripley con una risita, botando entre los árboles—. ¡Cojín de pelete de escoba!

—Tres tipos de enredadera —prosiguió April.

—Trompeta, madreselva y *Clematis tangutica* —añadió Jo, pronunciando con mucho cuidado TAN-GU-TI-CAAA.

April dio unos golpecitos con la punta del lápiz en el cuaderno.

—¡Perfecto! Solo nos falta una planta florífera más y ¡tendremos nuestras insignias de PIENSA EN VERDE!

La insignia de Piensa en verde era la insignia definitiva y suprema para toda superfanática del amor por lo verde. Iba a quedar genial en la banda de April, rebosante ya de insignias para amantes del mar, de las caminatas, del *footing* y de los juegos de palabras, entre otras muchas cosas. A lo mejor hasta tenían que ponerse una banda nueva. ¡SU SUEÑO! ¡UNA DOBLE BLANDA!

April suspiró satisfecha. Todo iba tal como había planeado.

—En aquel claro de ahí delante da más el sol —dijo Jo, señalándolo—. A lo mejor encontramos algo así tipo flor.

—¡YUJU! —Ripley dio una voltereta al frente y el resto de exploradoras la siguieron.

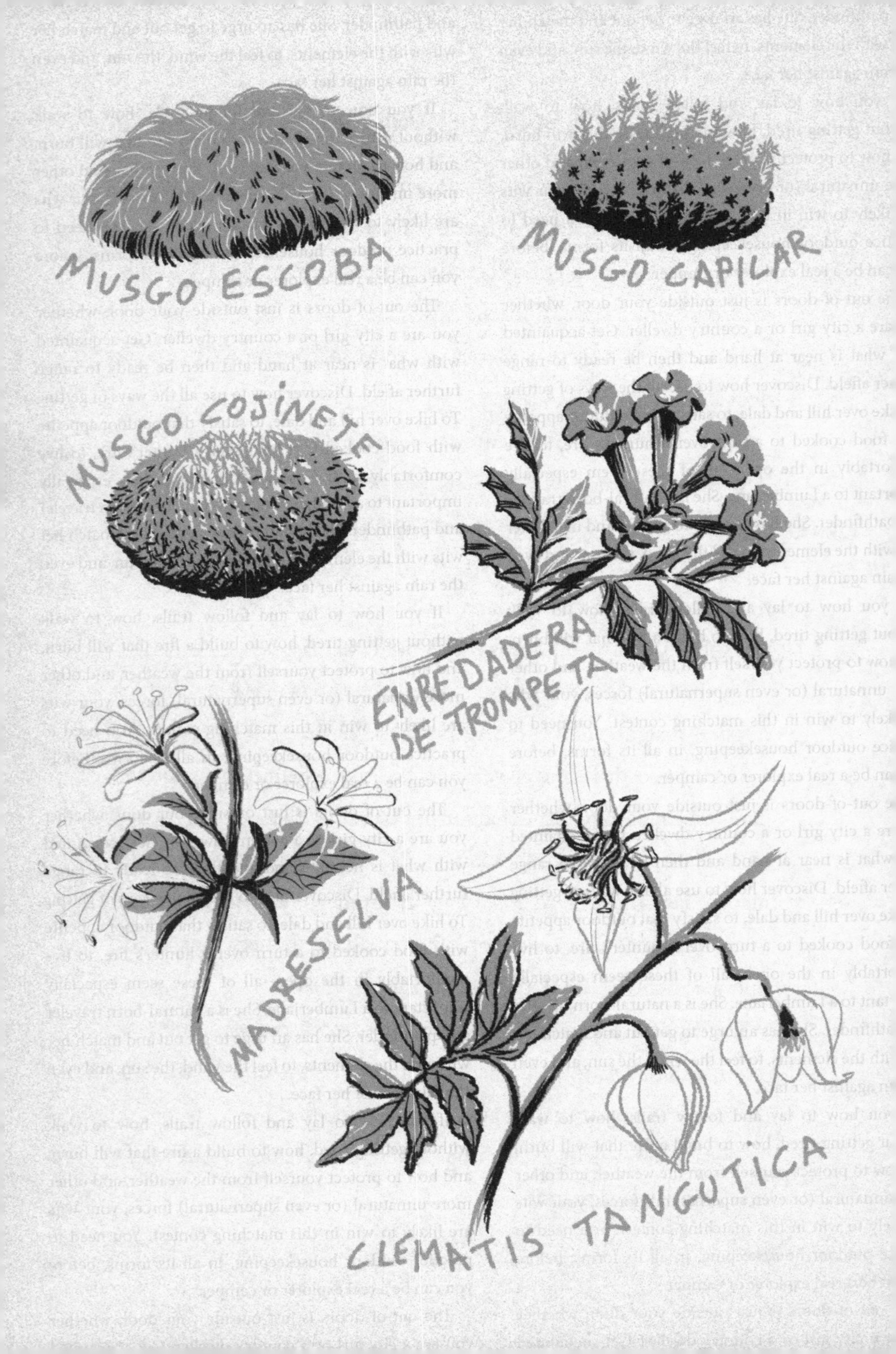

MUSGO ESCOBA
MUSGO CAPILAR
MUSGO COJINETE
ENREDADERA DE TROMPETA
MADRESELVA
CLEMATIS TANGUTICA

—Me encanta que una de las setas se llame pedo de lobo —dijo Molly—. El que se encarga de ponerles nombres a las plantas tiene el mejor trabajo que ha existido nunca.

—Pues para llamarse pedo de lobo tiene un aspecto bastante inofensivo —comentó Mal—. Yo me esperaba otra cosa.

El pedo de lobo parecía una seta normal y corriente.

—A lo mejor es una metáfora —sugirió Molly.

—¿Una metáfora de qué? —se rio Mal.

Las chicas se detuvieron en el claro.

Ripley se acercó de un brinco a un árbol gigante cubierto de setas grumosas.

—¡EH! Estas setas parecen napias —dijo, mirando atentamente los hongos de aspecto gomoso esparcidos por el tronco.

Molly se dio la vuelta y se fijó en una plantita enroscada junto al dedo gordo del pie de Mal.

—¡Mira, cuidado! ¡Hiedra venenosa!

—¿QUÉ? —Mal salió disparada como si le hubiese pasado la corriente. Sacudió los pies con fuerza.

—Eh —dijo April, al tiempo que levantaba la vista de la zona en la que había estado hurgando en busca de flores—. Si hoy fuese San Valentín ¡tendríamos que buscar nomeolvides! ¿Eh? ¿Lo pilláis?

Otra cosa sobre April: poca gente aprecia más un juego de palabras.

Mal siguió alejándose a pasos cortos de la hiedra potencialmente venenosa, con los ojos clavados en aquella amenaza de color verde vivo. Ya sabéis, por si le daba por moverse.

Jo estaba encorvada hacia delante, mirando en un estado de profunda concentración —nivel rayo abductor— por el objetivo de su nuevo invento: la Lente MicroFocus. Las hojas verdes y rosadas de la planta que había al otro lado del cristal se dejaron ver. La gente que mira todo con tanta atención como la que acostumbraba a poner Jo sabe que las cosas rara vez son solo lo que parecen ser así de primeras. En este caso, lo que a simple vista parecía una hoja lisa y lustrosa, bajo el objetivo estaba cubierta de espinas, un mar de escamas intercaladas, con los bordes puntiagudos y afilados como el lomo de un lagarto.

Jo aguzó la mirada y apretó los labios con gesto de determinación mientras giraba el dial del objetivo para intentar sacar una vista mejor. La hoja hizo clic y pasó a verse a mayor resolución, pero la imagen se hizo otra vez borrosa. Algo interfería con la función de ampliar. Jo soltó un suspiro. Para inventar hay que pasar por el ensayo y error, lo que significa que, cuando inventas algo, la única manera de saber si funciona es ponerlo a prueba. A veces este proceso lleva mucho tiempo.

Jo lo sabía, en parte, porque uno de sus padres (tenía dos) había inventado un cohete. Habían hecho falta 1.034 pruebas. Y eso son un montón de pruebas. Todos aquellos cohetes se llamaban Diana, por Diana Ross, porque su padre decía que Diana Ross era una estrella con un don único.

Se preguntó si en el taller del campamento, donde a menudo se la podía ver revolviéndolo todo en busca de piezas o soltando chispas con el equipo de soldadura, tendrían lo que necesitaba. Por un momento, deseó tener allí ese laboratorio extravagante que sus padres le habían montado en casa.

A lo mejor podía desmontar su superteléfono y usar parte del circuito de…

A unos pasos de Jo, April mordisqueaba el lápiz, apresado entre sus dientes, y seguía examinando con gesto de ceñuda resolución el lecho del bosque en busca de una mota de algo que no fuese verde.

Verde.

Verde.

Verde.

¿Azul?

¡AZUL!

Arropada en mitad de una mata de mullidos helechos había una florecilla diminuta con pétalos en forma de diamante.

April se llevó la mano al bolsillo trasero y sacó la *Guía de fauna y flora de las Leñadoras*. El volumen estaba viejo y espachurrado, seguramente de haber ido apretujado en tantos bolsillos a lo largo de los años. El lomo estaba roto y pegado y repegado con celo. Las esquinas estaban gastadas y manchadas de verde hierba.

April fue pasando las páginas.

—¿Crisantemo? ¿Crocus?

Al volver una página, un pequeño rectángulo de papel se desprendió y cayó meciéndose hasta su mano. Era el boceto descolorido de una flor azulada con… ¡eh!… ¡pétalos en forma de diamante! Al pie del dibujo alguien había escrito, con una exquisita letra ligada: «Campanilla de clavo».

Al margen del papel, en la misma letra cuidadosa, decía: «Ubicada en su día pero no registrada, una planta muy curiosa, de reciente aparición en la zona. ¿Comestible? Puede ser. ¿Creíble? Sí. ¿Celestial?...».

—¡Eh, chicas! —las llamó, agitando el dibujo en el aire—. ¡CHICAS! ¡CAMPANILLA DE CLAVO! —exclamó triunfante.

En ese preciso momento, Ripley, pegando un brinco en el aire y señalando por encima del hombro de April, gritó una palabra que debe de estar en el *top ten* de palabras que una persona pueda gritar jamás.

«¡¡¡¡UNICORNIO!!!!»

2

Quizá una transcripción más exacta de lo que dijo Ripley sea «¡¡¡¡¡UUUUUUNNNNNIIIIICOOOORRRRR-NNNNNIIIIIIIIOOOOOOOO!!!!!». Porque en el mismo instante en el que la primera vocal salió de sus labios, Ripley salió zumbando detrás de la criatura, que escapó como una flecha con un coletazo de destellos morados.

Cuando Ripley estaba muy, muy emocionada, era capaz de alcanzar la velocidad de mil Ripleys, y eso era muy, muy rápido.

Pero claro, ¿tú no correrías superrápido si llevases toda la vida adorando a los unicornios, y hasta tuvieses TU PROPIO unicornio (de peluche), don Chispitas, y te encontraras con un unicornio DE VERDAD trotando por el bosque?

Yo creo que sí.

El resto de la cabaña Roanoke se tomó un segundo (uno más) para valorar la situación.

—Ah —dijo Jo.

—¡Ah! —coincidió Molly.

—¡Unicornio! —resolló Mal.

—¡Ripley! —gritó April.

¡RIPLEY!

Una vez decidido esto, las demás Leñadoras se lanzaron a la carrera tras los pasos de Ripley. Y es que la regla número uno de una leñadora es que ¡las Leñadoras siempre se mantienen unidas!

3

De todas las cosas que una puede saber sobre los unicornios, que son un montón, un dato relativamente crucial es que a los unicornios, cuando se desplazan en contacto con el suelo, les gusta seguir un camino serpenteante, o zigzagueante.

Ningún unicornio ha sabido explicar nunca a qué se debe esto; es algo que hacen y punto.

April, que se puso en cabeza en la carrera tras Ripley y el unicornio, había leído muchos libros sobre unicornios de niña. Algunos de sus favoritos eran *El formidable unicornio Harvey y sus amigos unicornios*, *Unicornios sobre hielo*, *El punto justo de unicornios* y el no tan conocido pero igualmente fascinante *Unicornios en la playa*.

(En el cuaderno de April había varias páginas dedicadas a las diversas criaturas que se habían topado hasta el momento las exploradoras de la cabaña Roanoke en el curso de sus asombrosas aventuras. La sección de unicornios era un poco pobre, sin embargo,

¡porque este era el primer avistamiento de unicornios de la Roanoke! ¡¡No me digas que no es para alucinar!!)

En las lecturas de April no decía nada de cómo perseguir a un unicornio, pero ella aprendía rápido y no tardó en detectar el particular patrón que seguía la trayectoria del unicornio.

—¡ZIGZAG! —gritó a sus espaldas, al resto de Leñadoras, mientras levantaba un brazo y lo movía de un lado a otro—. ¡Está corriendo en ZIGZAG!

Jo echó un vistazo al suelo y vio que las pezuñas del unicornio no habían dejado huella alguna en el terreno. Ni en la delicada capa de musgo que recubría las piedras sobre las que pisaron para cruzar el río.

—Qué curioso —dijo Jo.

El mapache, Pompitas, que había estado durmiendo plácidamente encaramado a la cabeza de Molly, tenía ahora los ojos bien abiertos. La brisa hacía ondear su pelaje mientras se agarraba con todas sus fuerzas a la cabeza de Molly, que corría a toda velocidad detrás de Jo, que le pisaba los talones a April, que iba como un cohete tras Ripley, que le seguía la pista a un unicornio. Pompitas soltó un chirridito curioso, en plan: «¿Adónde vamos y por qué corremos tanto?».

Mientras Mal esquivaba árboles tras las demás, alzó la vista al cielo. Se preguntó adónde se dirigían exactamente y se fijó en que los árboles por entre los que pasaban ahora eran más frondosos y algodonados, como unas verdes nubes de tormenta. De pronto se deslizó en su mente la idea, como un hilo pasando por el ojo de la aguja, de que a estas alturas, Jen, su monitora, que andaba siempre preocupada por ellas, debía de estar preguntándose dónde se habían metido.

—¡Eh! —gritó a las demás—, ¿no tendríamos qu…? —Mal miró de nuevo adelante y vio que todas habían dejado de correr—. ¡AAUGH!

AUGH no es ninguna palabra, pero el sonido podría traducirse básicamente como: «Vaya, habría estado bien saber que parábamos».

Es muy difícil pasar de una supervelocidad de vértigo a una frenada en seco, y es por eso por lo que Mal se estrelló contra Molly, que se estrelló contra Jo, que se estrelló contra April.

—¡AU!

—¡AAAU!

—¡AAAAAU!

—¡UUUUUOOOO!

Cuando se oyó este último UUUUOOO ya habían frenado todas (entendiendo como «frenar» algo parecido a «chocar entre ellas»).

—Nuestra técnica de carrera en pelotón necesita mejoras drásticas e inmediatas —decidió April entre quejidos, mientras salía a rastras de debajo de la pila de Leñadoras.

—Tenemos que idear una técnica de frenada —añadió Jo, sacudiéndose agujas de pino de la capucha.

—Sí —suspiró Molly, limpiando a Pompitas, que estaba cubierto de ramas y hojitas del lecho del bosque—. ¡Que sea pronto!

Al lado de la pila de exploradoras Roanoke, Ripley, que se había librado por los pelos del gran choque en cadena, estaba dando saltitos mientras se tapaba la boca con una mano para contener la emoción.

—¡Mirad, mirad, mirad! —les dijo con un gritito pletórico por entre las puntas de los dedos—. ¡El unicornio! ¡Está pastando!

—¡OOOOYY! —corearon arrobadas las Leñadoras, con los ojos haciéndoles chiribitas.

—Bueno —dijo April—, esto es absolutamente adorable.

Porque, ¡OY, venga ya!, ¿qué puede haber más mono que un unicornio, que ya ha dejado de correr, de pie, sosegado (que quiere decir tranquilo), en un pequeño claro del bosque, picoteando elegantemente (lo que April sabía ahora que era) campanilla de clavo?

A mí no se me ocurre nada. A unos pasos de distancia, las Leñadoras pudieron distinguir que la cola y la crin del unicornio no eran solo moradas, sino una mezcla de cualquier color que se le pareciera (violeta, granate, índigo y lavanda), combinado con hilos de oro. El resto de su pelaje era de un tenue gris perlado, salpicado de motas blancas en los cuartos traseros, y el cuerno, de plata.

April se colocó bien el lazo blanco con el que se apartaba los rizos pelirrojos, ahora llenos de hojas, de la cara.

—Vale, entonces tenemos un unicornio y tenemos a Ripley. Así que ahora lo único que hace falta... —April se detuvo y arrugó su nariz chata.

—Uh. —Jo olfateó el aire, con la capucha de la sudadera todavía llena de agujas de pino.

—Hummm —apuntó Mal, mientras se aseguraba de que todos los pendientes que llevaba en orejas y nariz siguieran en su sitio—, ¿oléis eso?

El resto de Leñadoras levantaron las narices al viento, que soplaba en su dirección desde donde estaba el unicornio. Las cinco chicas se llevaron simultáneamente la mano a la nariz.

—¡BUAH! —coincidieron al unísono. Porque. BUAH.

—¿Ese olor es… el UNICORNIO? —preguntó April en el tono nasal con el que habla una cuando se está tapando la nariz.

—Es apestoso —dijo Molly.

—Es flagrantemente irrespirable —secundó April.

—Es apestoso con *topping* de fideos de colores —añadió Mal.

Olía MUY, pero que MUY, pero que MUY MAL.

—O sea, que los unicornios huelen a anchoa y a sobaco —dijo Jo—. Esto no me lo esperaba.

—Aunque por otra parte —respondió Molly, con una sonrisa asomando apenas por detrás de la mano—, es como… previsiblemente inesperado.

Mal sonrió también. Porque Molly tenía razón: si eres leñadora, no dejan de pasarte cosas inesperadas.

April echó mano de su cuaderno y pasó las páginas.

—Y no está documentado —concluyó, y añadió una nota para que ahora SÍ lo estuviese.

Ripley comenzó a acercarse de puntillas al unicornio, con pasitos diminutos.

—Hola —lo saludó con una vocecilla como de cuento de antes de ir a dormir—. Me llamo Ripley y no voy a hacerte daño, nunca, nunca, nunca, te lo prometo.

El unicornio levantó la cabeza de su festín de flores y dio la impresión de estudiar el terreno que lo rodeaba. Miró a un lado y a otro y luego a Ripley, que siguió avanzando con pasos cuidadosos. El unicornio parpadeó con sus grandes ojos azules. Miró de nuevo a un lado y a otro. Abrió los ojos todavía más y soltó un relincho sutil y chispeante.

Ripley llegó hasta él, con las manos extendidas y las palmas hacia arriba, en señal de que era una criatura inofensiva. El unicornio acarició con su morro aterciopelado la mano tendida de la leñadora. ¡A Ripley le dio la impresión de que el corazón le iba a explotar en un estallido enorme de APUR!*

—Contacto establecido —le susurró April a Jo con una sonrisa.

Ripley, con la mano apoyada en la cerviz del unicornio, se volvió hacia sus compañeras de cabaña con la cara contraída en un gesto de preocupación.

—Eh, yo diría que se ha PERDIDO.

April miró al unicornio, que le devolvió una mirada difícil de descifrar, porque a los unicornios, igual que a los búfalos, los hurones y los caballos (como era de esperar), a veces cuesta un poco entenderlos. Aun así, April puso los brazos en jarra. Sabía exactamente lo que había que hacer.

—¡Leñadoras al rescate!

* Es decir, una sobrecarga de Amor, Paz, Unidad y Respeto. (*N. de la T.*)

4

Existe una larga y compleja tradición de gente que se encuentra criaturas mágicas, como un unicornio, y se las lleva a casa.

Esto, en general, es una pésima idea.

Los unicornios, como la mayoría de las criaturas mágicas, no son mascotas.

Una excepción son los gatetes mágicos, que son mágicos pero también mascotas, aunque, eso sí, dan muchísimo trabajo.

Así que nos creemos capaces de manejar animales mágicos; pensamos: «Bah, yo me apaño». Pero esto pocas veces se cumple.

Las criaturas mágicas ocupan mucho espacio, son muy tiquismiquis con la comida y no es raro que escupan fuego o disparen afilados proyectiles de hielo por las narices.

Una leñadora respeta siempre todas las criaturas salvajes, de todos los tamaños y formas, y sabe bien que el mejor sitio para cualquiera de los animalillos que conforman la fauna de un bosque acostumbra a estar allí donde lo hayamos encontrado, ya sea una arboleda, el fondo de un lago o una ciénaga.

(A no ser que un día te encuentres con un mapache y dé la impresión de sentirse solo, y que le guste dormir encima de tu cabeza como si fuese un gorro: eso ya es otra cosa, evidentemente.)

Ripley no quería llevarse el unicornio a casa, aunque la idea era tentadora, pero sí que quería ayudarlo a encontrar la suya.

El unicornio ahora parecía muy enfadado, no dejaba de mover la cabeza a un lado y a otro y relinchaba con tono preocupado.

—Necesitamos un plan —dijo April—. ¡En formación de seta!

La formación de seta se caracteriza por tener forma de triángulo, y no de círculo. Por algún motivo, funciona muy bien a la hora de dar con ideas.

Jo chasqueó los dedos.

—¡Eh! Si todos los unicornios huelen como este, a lo mejor podemos encontrar a la manada por el olor.

—¡Sí! Me gusta —exclamó April señalándola—. Me parece un buen punto de partida para nuestro plan.

Mal se acercó a Molly y le susurró.

—Oye, ¿soy yo o esto de olisquear una manada da como mucha risa?

—Sí que da risa —le respondió Molly por lo bajo.

—¿Y cómo encontramos el rastro de olor? —preguntó Ripley,

mirando el unicornio, que seguía nervioso. Su olor le recordaba al de un bocadillo de queso pasado que había encontrado una vez en la furgoneta de su madre. Pero daba igual porque el unicornio era tan, tan suave…

April levantó la mano, que es lo que suele hacer una cuando tiene una idea en clase; algunas costumbres cuesta quitarlas.

—¡Ah, ya lo sé, ya lo sé! Si los unicornios comen campanillas de clavo, tenemos que buscar donde crezcan esas flores. O sea…

—¿Qué es una campanilla de pavo? —preguntó Molly.

—Campanilla de CLAVO. La acabo de encontrar en el manual de fauna y flora. —April volvió a sacarse el librito del bolsillo—. De hecho, la he encontrado en un misterioso dibujo que estaba pegado con celo, pero de todas formas…

April pasó las páginas hasta llegar al mapa que había al final, que estaba plagado de simbolitos que indicaban las especies vegetales que podían encontrarse en las distintas regiones. Alguien había dibujado unos diamantes diminutos aquí y allá, representando las campanillas de clavo.

—Mirad, hay un montón de campanillas de clavo aquí cerca… ¡Un poco más al norte! —les dijo a las demás. Con la mano que tenía libre, April se sacó una brújula del bolsillo y esperó a que la aguja señalara el norte.

—Y si empezamos a caminar y nos llega un olor como de asiento de atrás de un autobús escolar de los tiempos de Maricastaña, ¡sabremos que vamos en la dirección correcta! —rio Molly.

A April le brillaron los ojos con determinación aprilesca.

—Basta de hacer el pollino, ¡es hora de ponerse en marcha! —anunció.

—Pero los unicornios no son pollinos, ¿no? —se preguntó en voz alta Molly.

Las Leñadoras se volvieron a mirar al unicornio, que les devolvió una mirada no tanto expectante como curiosa.

5

Es algo increíblemente útil conocer la mejor manera de trasladar según qué objeto voluminoso. En las Leñadoras hay varias insignias que contemplan este tipo de habilidades, algunas de las cuales April ya había conseguido.

Cuando se trata de trasladar unicornios, la mayoría de la gente se limita a improvisar. Y puede que sea lo más apropiado, ya que la manera de hacer que un unicornio camine depende en enorme medida de la raza concreta. Los unicornios se parecen mucho a las personas: algunos son fáciles de poner en marcha; otros preferirían quedarse ahí clavados y ver qué echan en la tele.

Enseguida se hizo evidente que este unicornio en particular, aunque perdido, no estaba muy seguro de querer ir al lugar que las exploradoras de la cabaña Roanoke —y en concreto April— habían planeado.

Al principio, las Leñadoras pensaron que lo único que tenían que hacer era echar a andar y que el unicornio iría detrás de ellas.

Eso no sucedió.

Las chicas se internaron unos cuantos pasos en el bosque, pero pronto se dieron cuenta de que no las seguía ninguna criatura mágica.

—AJ. No se mueve. —April lo miró aguzando la vista, intentando descifrar su cerebro de unicornio—. A lo mejor un zigzag sería más productivo.

April, Jo y Mal volvieron al lado del unicornio y reemprendieron el camino hacia el norte, trotando despacio en zigzag. Nada. Regresaron fatigosamente al punto inicial y allí seguía plantado el unicornio, mirándolas, puede que… socarrón.

Aunque, como hemos dicho, era difícil saberlo.

¿Quién iba a decir que los unicornios eran testarudos? En todos los libros que había leído April, los unicornios eran casi siempre… nobles.

Mal y Molly intentaron atraerlo:

—VEN AQUÍ, UNICORNIO —lo llamaban con voz cantarina mientras caminaban de espaldas, agitando las manos en alto para captar su atención.

Pero eso tampoco funcionó.

A Ripley se le ocurrió entonces que podían empujarlo por detrás, pero todas reconocieron rápidamente que era una idea terrible. Los unicornios, cuando plantan las cuatro pezuñas en el suelo, son tan inamovibles como una casa.

Puede que más.

Jo sabía que, a nivel técnico, para mover una casa hacía falta un gato hidráulico industrial. Pero no ibas a usar un gato hidráulico para mover un unicornio. A no ser…

—Bueno, a lo mejor no se ha perdido —dijo Molly, y dejó un momento lo de empujar unicornios para recuperar el aliento—. A lo mejor es que quiere estar aquí.

Ripley negó con la cabeza.

—Se ha perdido. Lo sé. —Puso ambas manos sobre las mejillas del unicornio y apoyó la frente contra su cara blanca y despejada, aun así difícil de interpretar—. Lo noto.

El unicornio parpadeó con sus ojos azules y resopló, que es como se llama cuando echas el aire por tu hocico de unicornio.

Mal lo observó con atención.

—Vale, pero es que tampoco se mueve…

—A lo mejor tenemos que cantarle una canción de unicornios —propuso Ripley—. Ya sabes, algo así como… —Ripley ladeó la cabeza, levantó las palmas de las manos al cielo y empezó a cantar con una vocecilla dulce y atiplada—: La la la, la canción del unicornio… La la la, la canción del unicooooornio…

Cuando vio que no surtía efecto, se puso… como a… gritar la canción:

—LA LA LA, LA CANCIÓN DEL UNICORNIO. ¡LA LA LA! ¡¡¡LA CANCIÓN DEL UNICOOOOOORNIO!!!

Nada.

—Eh… —Molly se agachó y cogió un ramillete de las pocas

campanillas de clavo que quedaban—. ¿Y si lo atraemos con esto?

Molly dio unos pasos en la dirección que había señalado April, se volvió hacia el unicornio y agitó las flores.

—¡Hola! ¡Unicornio! Eh, ¿tienes hambre? —lo llamó.

El unicornio levantó la cabeza.

—Venga, venga —le susurró Ripley, animándolo; puso la mano en la cerviz del unicornio y avanzó unos pocos pasos—. Tú puedes.

—Venga, colega. —Molly soltó un suave silbido—. Vamos.

El unicornio meneó la cola, relinchó y se acercó a Molly.

April recogió todas las campanillas de clavo que logró encontrar por si acaso perdían el impulso en algún momento.

Yyyyyy, ¡en marcha! Las Leñadoras y el unicornio emprendieron el camino en dirección al norte, todavía en zigzag pero a velocidad constante. Sentían todas una mezcla de euforia (por que el unicornio estuviese caminando), de embelesamiento (por estar tan cerca de una criatura mágica) y de saturación (una pizca) por la experiencia olfativa (qué olor).

—Espero que encontremos a su familia, su manada o lo que sea —le dijo Mal a Molly, mientras se colocaban las dos algo por delante y algo a barlovento del unicornio.

Mal se preguntaba si tendría miedo de no volver a ver jamás a los suyos, y Molly iba pensando cómo debía de ser estar en la piel de un unicornio. A veces ella se sentía como un unicornio cuando estaba con su familia.

Jo fue la primera en divisar la manada, aunque todas notaron el olor antes de alcanzar la linde del bosque, donde los árboles daban paso a un prado verde y exuberante.

—¡Por Ursula K. Le Guin! ¡La hemos encontrado!

Por entre el verde del prado había un mar, un arcoíris de unicornios, todos con colas de diferentes colores (rojas y azules y amarillas y verdes). Sus cuernos centelleaban al sol mientras pastaban y serpenteaban en perezosos zigzags.

—Guau —exhaló Molly, admirada—. Es como si un libro de colorear hubiese cobrado vida.

—Una pasada —añadió Jo.

—Es Yayoi Kusama a tope —suspiró April.

El unicornio hasta entonces perdido soltó un relincho y se alejó corriendo al trote por la hierba, agitando la cola.

El resto de unicornios dejaron de pastar y levantaron las cabezas. Unos cuantos le devolvieron el relincho, como diciendo: «Eh, ¿dónde te habías metido?».

—¡Sííí! —exclamó Ripley, dando vueltas—. ¡El unicornio ya está en casa! ¡BRAVO, UNICORNIO!

—Guau, está... uff... ¡está lleno de campanillas de clavo! —señaló Jo, contemplando aquel espectáculo de unicornios irisados y campanillas de clavo hasta donde alcanzaba la vista.

—¡BIEEEN, CAMPANILLAS! —exclamó de nuevo Ripley, dando brincos por la hierba alta—. Esta es su casa —canturreó—. ¡Sííí! ¡El Campo Campanilla de Unicorn City!

Molly y Mal pensaron a la vez que Unicorn City sería un nombre genial para un grupo de música.

Ripley estaba tan contenta que empezó a hacer un bailecito feliz. Siempre se inventaba unos bailecitos felices alucinantes. Con mucho salto y mucho meneo; Ripley pasaba más tiempo en el aire que en contacto con el suelo. Agitaba los brazos y botaba de un pie al otro. El padre de Ripley decía que había nacido bailando. Seguramente era cierto.

Mal y Molly sonrieron mientras Ripley hacía su bailecito.

¡BIEN, A BAILAR!

Jo sonrió también.

—Eh, ¡lo hemos conseguido! No está mal para una sola jornada leñadora.

—Estoy contigo —respondió April. Y entonces levantó la vista y divisó en el cielo algo bastante fácil de divisar… porque era sencillamente gigantesco.

6

Gigantástico —dijo April, porque gigantástico era la palabra más apropiada.

Jo levantó una ceja.

—¡Santa Junko Tabei! Cómo mola.

Lo que estaban mirando, más allá de prados verdes y campanillas azules, más allá de los unicornios, con su arcoíris de colas, más allá de todo esto, alzándose hasta el cielo, era una montaña. Y no una montaña cualquiera, sino una montaña que parecía tan alta como el mismo cielo. Una montaña hecha de roca que cambiaba de morado a azul y a gris y a morado otra vez según la rozasen los rayos de sol. Una montaña cubierta de destellos de blancura que perfilaban sus abruptos picos.

April echó la cabeza atrás.

—Guau, pero si no se ve la cima, ni echando la cabeza todo lo atrás que puedo.

La cumbre en sí, o al menos el punto más alto que alcanzaba a ver April, estaba rodeada de nubes de un rosa melocotón. Como un halo.

Jo miró también arriba.

—Es un alucine. ¿Cómo creéis que se llamará?

—Ni idea —respondió April—. Pero tendríamos qu…

—¡MALMOLLYJORIPLEYAPRIL!

Mal, Molly, Jo, Ripley y April giraron sobre sus talones. Jen, persona inteligente en general, astrónoma de talento, monitora sin igual de la cabaña Roanoke, salió en ese instante del bosque.

No parecía muy contenta. De hecho, parecía muy, muy todo lo contrario. Su uniforme de las Leñadoras, que llevaba siempre de una manera que le daba un aire superpro, estaba chorreando, y ni siquiera parecía del color verde y amarillo de siempre. Tenía el pelo empapado, y su melenaza negra le colgaba sobre los hombros como un matojo de algas. La boina verde, siempre tan elegante, reposaba en lo alto de su cabeza como un plato de papel mojado. Jen fue hacia ellas dando pisotones por la hierba. Tenía la pinta de alguien que llevaba un buen rato buscando a un grupo de exploradoras que tendrían que estar en su sitio y no lo estaban.

Las chicas de la Roanoke pocas veces estaban donde debían. Más que nada porque ¡había tantos sitios en los que estar!

—¡JEN! —exclamaron todas al unísono.

—Eh, Jen —añadió Jo—. ¿Estás bien? ¿Qué te ha pasado?

—Eh, Jen, ¿te has caído en un lago o algo? —preguntó Molly.

Mal tuvo la clara intuición de que «qué te ha pasado» no era la pregunta clave en esos momentos.

—Qué curioso que me lo preguntes… PUES SÍ, ¡ME HE CAÍDO! *¿Y cómo te has caído, Jen?* ¡Yo os lo cuento! OS HE DEJADO SOLAS DIEZ MINUTOS —bramó Jen, agitando los brazos como si estuviese intentando parar un taxi un día de lluvia—. ¡DIEZ MINUTOS! Lo único que teníais que hacer era dedicar una minusculísima parte del día a buscar FLORES. ¡FLORES! Pero ¡no! ¡Vuelvo y ya os habéis, PUF, evaporado!

—En realidad... —apuntó Molly—, fue más como un ¡CHAS!

—¡Sí que estábamos buscando flores! —le explicó April—. Y encontramos campanillas de clavo, pero entonces vimos...

Jen negó con la cabeza, y al hacerlo salió despedida una lluvia de gotas de agua.

—POR UNA VEZ, SOLO POR UNA VEZ, chicas, me gustaría deciros que hagáis algo y que lo hicieseis. POR UNA VEZ, ¡me gustaría no tener que pasarme TODA LA TARDE buscándoos! ¡AH, Y OTRA COSA! ¿Sabíais que el puente que pasa por encima del Arroyo Susurrante se ha venido abajo? ¡Adivinad qué! ¡Pues sí! Y...

Jen se pellizcó el puente de la nariz y respiró hondo.

—Busca tu centro de calma, Jen —murmuró—. Está ahí dentro en alguna parte.

Jen era una monitora increíble, aunque a veces se estresaba mucho porque estaba siempre tratando con Leñadoras que se negaban a seguir sus normas, por clarísimas-y-por-su-propio-bien que fuesen. Normas que a Jen le gustaban porque eran el cemento que lo mantenía todo unido. Las normas eran como tiritas, salvaguardas, una necesidad y... QUÉ NARICES, ¡las normas eran las NORMAS!

Las normas, como decirle siempre a tu monitora adónde ibas y no largarte a perseguir unicornios sin informarla antes, eran IMPORTANTES.

Jen se interrumpió, seguramente al darse cuenta, por primera vez, de que las exploradoras de la cabaña Roanoke no estaba solas.

—¿Eso de ahí detrás es un prado de unicornios?

Los unicornios dejaron de pastar un segundo y miraron a Jen. Uno de ellos relinchó como para decir: «Sí, lo es».

—Sip —confirmó Jo.

—Encontramos campanillas de clavo —prosiguió April como una metralleta—, ¡y resultó que es lo que comen los unicornios! Hum, tendría que anotarlo…

A Jen se le abrieron los ojos como platos.

—Bueno, eso es…

—Y además… —empezó a decir April.

Pero Jen se llevó la mano a la nariz.

—¿¡Qué es ese olor!?

—Los unicornios —terminó de explicar Molly—. Huelen como… Mal.

—Huelen MAL, sin el como —aclaró Mal.

—¡¡¡A QUE SON UNA PASADA!!! —exclamó feliz Ripley.

—Huelen a cocido de calcetín sudado —dijo Jen mientras se le ponían los ojos llorosos.

—Ripley vio al unicornio y lo seguimos —volvió a comenzar April, porque había mucho que explicar—, y… es una larga historia, pero… nos encontramos al unicornio, y se había perdido, así que…

—Está bien —dijo Jen con un suspiro. Apoyó una mano en la

cadera y con la otra se tapó la nariz—. Si queréis cenar, más vale que volvamos al campamento. ¡PRESTO!

Mal, Molly y Jo no estaban seguras de querer cenar, después de lo del estofado de calcetín, pero parecía buena idea emprender la vuelta.

Ripley se tomó un último momento para despedirse de su unicornio, que parecía feliz de estar otra vez mascando campanillas de clavo con sus colegas unicornios. Ripley lo abrazó y él le dio un toquecito con el morro, que es una especie de abrazo de unicornio.

—Te voy a llamar doctor Destello —susurró Ripley con la cara hundida en el pelo supersuave del unicornio.

El doctor Destello relinchó como diciendo: «Vale, niña, lo que tú digas, pero yo me voy a seguir pastando, si no te importa».

April estaba de pie en mitad del campo. Los unicornios masticaban meneando sus colas de arcoíris y, tras ellos, la colosal montaña se alzaba increíble (increíble de no ser porque la estaban viendo con sus propios ojos) hasta casi más allá del cielo. Era una especie de estampa leñadora perfecta. Era…

—¡APRIL! —gritó Jen, dando zancadas en dirección al campamento—. ¡VENGA!

—Nos olemos pronto —susurró April. Y luego giró sobre sus talones y siguió a las demás—. ¡YA VOY!

7

Situado en el corazón del bosque, a las puertas del Campamento de las Leñadoras, hay un arco de madera muy alto con un letrero que dice: CAMPAMENTO PARA CHICAS MOLONAS DE MISS QIUNZELLA THISKWIN PENNIQUIQUL THISTLE CRUMPET.

Si te fijas, verás que la parte del letrero en la que pone lo de «chicas molonas» es en realidad una pieza de madera aparte clavada al cartel original. En este, por debajo, puede que dijera campamento para chicas, o para ardillas, o para ponis, o para ponis ardillas adolescentes.

Pero salta a la vista que alguien, en algún momento, había decidido dejar claro que las Chicas Molonas eran la máxima prioridad en el Campamento de miss Qiunzella Thiskwin Penniquiqul Thistle Crumpet.

Colgando del arco hay otro letrero, y en este dice AMISTAD A

TOPE, porque ser buena amiga, una amiga increíble de verdad, es una parte muy importante de ser leñadora.

El Campamento de miss Qiunzella Thiskwin Penniquiqul Thistle Crumpet lleva en pie muchos más años de los que nadie que esté ahora mismo ahí, ni siquiera en la junta de dirección, pueda afirmar con seguridad. Es un campamento para toda clase de chicas: descubridoras y aventureras, creativas y deportistas, y también para las que no son ni se sienten de ninguna clase.

La propia miss Qiunzella Thiskwin Penniquiqul Thistle Crumpet proclamó en su día que una leñadora era toda aquella que tuviese el impulso, la capacidad y los recursos necesarios para querer ser algo más de lo que ya era. Ella misma fue inventora (se le atribuyen los primeros diseños de lo que acabarían siendo el ascensor y el *frisbee*), piloto de globo aerostático, ciclista apasionada (una vez dio la vuelta al mundo en bicicleta), escultora, campeona de esgrima y en general una vigorosa aventurera pionera también del submarinismo con escafandra. Además, escribió varios relatos sobre el pueblo sireno, recopilados en *Las vacaciones con el pueblo sireno de una dama bajo el mar* y *Las normas de la etiqueta submarina.*

Pasado el arco hay un círculo de cabañas y un gran patio al aire libre, en cuyo centro se alza un mástil en el que ondea la bandera de la doble hacha de las Leñadoras. El patio tiene también redes de tenis, un campo de voleibol, gradas para ver los partidos, un escenario y unas cuantas mesas de pícnic para hacer manualidades, o comer, o pasar el rato. Y también está el fogón de piedra del castor, custodiado por un grupo de estoicos castores (y otros animales) tallados, que es donde se tuestan las nubes de caramelo, se cuentan las historias de miedo y se han compuesto y cantado varias canciones folk. Justo al otro lado comienza el camino que sube serpenteando hasta el taller, el garaje y el horno, luego a la cabaña de artes y oficios, la peluquería, y un poco más allá, a la biblioteca del campamento.

Normalmente, en el punto central, en el gran claro que hay junto al fogón del castor, hay montones y montones de exploradoras haciendo todas sus cosas de exploradoras.

Y esto, un día cualquiera, pueden ser muchas, muchas, muchas cosas, incluyendo salir de caminata, correr, nadar o navegar en canoa; aprender a hacer un fuego, construir una cabaña, una canoa o una cometa; decorar un pastel o un kimono; preparar carne ahumada, bollitos de canela o *bagels*. Esta, por supuesto, es una lista resumida, porque la lista completa es muy larga.

Pero que muy muy muy larga.

Mientras las chicas de la cabaña Roanoke terminaban de conseguir sus insignias de Piensa en verde, por ejemplo, y de perseguir unicornios, el resto de Leñadoras habían pasado el día haciendo yoga, reparando el tejado de la cabaña Zodiac, aprendiendo a bordar con punto de cruz, practicando cartografía (o sea, hacer mapas), encendiendo el horno para cocer una tanda de cerámica, fabricando velas y ensayando el Guerilla Girl, el baile que estaba causando sensación en el campamento. Bailar el Guerilla Girl no es nada complicado. Para clavarlo, hay que saber soltar un buen rugido, hacer el paso Yoko Ono y tener unos conocimientos generales de la historia de las mujeres en el arte.

En ese momento, sin embargo, era la hora de cenar, así que en el patio no había casi nadie, salvo Barney, que se había olvidado por completo de la cena, que era algo que a Barney, de la cabaña Zodiac, le pasaba a veces cuando se ensimismaba con sus pilas de libros.

—Hola, Barney —le saludaron Jo, Ripley, Mal y Molly de camino al comedor.

—Hola —les respondió, con un saludo distraído.

Jen se desvió a la cabaña para ponerse un uniforme seco.

—Por favor, SOLO POR ESTA VEZ, id adonde toca, a CENAR.

Con toda la intención de ir ENSEGUIDA a cenar, April se acercó a la mesa de pícnic de Barney. En ese momento, Barney estaba cogiendo el quinto libro del día de la pila más alta.

Barney era un fichaje reciente en el Campamento de las Leñadoras. Cuando las exploradoras de la Roanoke conocieron a Barney, *elle* (Barney usaba *elle* en lugar de él/ella para referirse a sí *misme*) era de los Jóvenes Exploradores. Pero descubrió que encajaba MUCHÍSIMO mejor en las Leñadoras, porque no se sentía un chico. Barney era superinteligente, con una mata de pelo negro que le asomaba por delante como la visera de una gorra de béisbol. A April le parecía que Barney estaba siempre impecable, y eso no es cosa fácil cuando vas todo el día con el uniforme caqui de las Leñadoras. De hecho, Barney era de *les poques* que se ponía el uniforme todos los días porque le gustaba la tersura almidonada de la camisa, y los botones, y el pañuelo.

—¡Eo! —April se encajó al lado de Barney en el banco—. ¿Cómo llevas el ascenso a tus OCHOMILES?

Barney miró las pilas de libros, altas como montañas.

—Jajaja. Eh... Pues ¡muy bien! Estoy intentando decidir cuál será mi próxima insignia.

—¡Debes de tener TANTAS insignias de los Jóvenes Exploradores! —April sabía que a Barney se le daba superbién hacer y arreglar toda clase de cosas, y una vez hasta había construido un iglú, que es una casa ¡hecha de NIEVE! —O sea, es que tienes un... multitalento.

Barney se ruborizó, *aturullade*.

—Eh, gracias. Supongo. Las Leñadoras tienen un montón de insignias geniales para escoger, tengo que ponerme al día. Solo tengo que decidir...

—¡Madre mía! —exclamó April extendiendo los brazos—. ¡Hay TANTÍSIMAS insignias! Tienes la de No me seas fantasma, que da un poco de miedito; tienes la de El misterio de la historia, que también está muy bien, porque si no aprendes historia, fijo que estás condenado a repetirla...

—Cierto —dijo Barney asintiendo.

April intentó pensar en todas las insignias que podían encajarle a Barney. Realmente, había un montón.

—También está la de Ponle la guinda al pastel, que es de decoración de pasteles, evidentemente.

April lo dijo en un tono que dejaba claro que no se trataba de su insignia favorita. Después de su intento de conseguirla, había estado una semana entera sin probar pastel. Hacer rosas con fondant no es tan fácil como parece...

Barney se incorporó en el banco.

—¿Decoración de pasteles?

—¿Eh? Ah, sí... —April echó un vistazo a las pilas de libros de Barney. En lo más alto de una de ellas había un libro sobre vela; el cuero de la encuadernación desprendía un leve olor a algas y a agua de mar. April chasqueó los dedos—. ¡NAVEGAR! ¡Tienes que ir a por la insignia Carpa Diem! ¡Esa es con Karen Sietemares! ¡Karen Sietemares es la mejor! Ay, madre mía, te va a encantar, ¡es genial! Puedes conseguir la insignia de Carpa Diem, la de Nudo Macanudo, la de Por el mero divertimento, ¡y así ya tendrás TRES!

—Hummmmm —rumió Barney, buscando en la pila otro libro que había cogido en la biblioteca: *Repostería: una dulce creación.*

April estaba emocionadísima con la idea de que Barney aprendiese a navegar.

—¡Bueno! —dijo con un gritito agudo—. Tengo que ir a cenar. Jen ha tenido una especie de minidesastre náutico hoy... porque hemos ido, como, detrás de un unicornio, y ha sido una pasada, pero luego ha venido Jen a buscarnos y... bueno... que será mejor que vaya al comedor.

April rodeó a Barney con los brazos y *le* estrechó con fuerza.

—Me alegro tanto de que seas leñadora.

—Yo también. —Barney le devolvió el abrazo. Porque era

increíble estar en un sitio en el que sentías que podías ser tú *misme*. Y entonces le dijo—: ¡Eh! ¿Qué es ese olor?

—Ah. —April se llevó la manga a la nariz para olerla—. Deben de ser los restos de *Eau d'Unicorne*. Los unicornios huelen como a salsa para nachos de hace tres semanas. No pasa nada, tengo otros tres jerséis iguales. ¡Chao!

Y dicho esto, April salió corriendo hacia el comedor, donde la noche fresca estaba ya en pleno apogeo.

8

El comedor de las Leñadoras era una gran cabaña de madera con unas mesas y unos bancos larguísimos que iban de punta a punta del espacio. En la entrada había una cornamenta enorme y las hachas cruzadas de las Leñadoras. En la pared oeste estaban colgadas las banderas de todas las cabañas y la pared este estaba cubierta de placas que conmemoraban los hitos gastronómicos de las Leñadoras, que no dejaban de sucederse:

Los logros que se celebraban en ese momento eran:

Mayor cantidad de brócoli de una sentada: Devineau Porcupine
Menor cantidad de brócoli de una sentada: Bichoo Porcupine
Bagel más grande elaborado: Jenny Barry
Bagel más grande comido: Jenny Barry
Mayor número de preguntas sobre los ingredientes en una sola comida: Marcey Max
Chuperreteo ininterrumpido de espaguetis más largo: Florence McNally

Ripley había estado ahí arriba unas cuantas veces por sus logros con las tortitas, incluido el de Más tortitas de una sentada (14 y 3/4).

También las poseedoras de las insignias Ponle la guinda al pastel, Kebab-baridad y Desafío en bandeja tenían las fotografías de sus grandes hazañas colgando en la pared; entre ellas, una foto del pastel de cuatro pisos de chocolate con chips de chocolate en forma de dragón escupiendo fuego que preparó Marvis McGonnall (y que escupía fuego de verdad, por lo que nunca llegaron a comérselo).

Rosie, la directora del Campamento para Chicas Molonas de miss Qiunzella Thiskwin Penniquiqul Thistle Crumpet estaba al fondo del

comedor, sentada a la mesa más próxima a la cocina, con los guantes de titanio con los que manipulaba las guindillas al lado. Rosie era alta como un pino, llevaba unas enormes y gruesas gafas de pasta y,

casi siempre, una camisa de cuadros u otra. Tenía una espesa melena pelirroja que se recogía con un pañuelo rojo a topos blancos, que no solo tenía estilo, sino que resultaba muy útil en ocasiones. A Rosie le gustaba ir arremangada, y era la persona más molona que había conocido jamás la mayoría de la gente. Le gustaban los cinturones de buena calidad de los que colgarse cosas y las botas que sirviesen para caminar. Llevaba un ancla tatuada en el cuello, y April había oído decir que se la había tatuado con auténtica tinta plateada de calamar.

Mientras las exploradoras desafiaban el chile de la cena, Rosie no dejaba de silbar y de labrar un trozo de madera sentada a la mesa, tallando con el filo del hacha lo que parecía ser un pico de pájaro en un bloque enorme.

Para cuando April entró como una exhalación en el comedor, Jo, Mal, Molly y Ripley estaban ya sentadas frente a sendos cuencos humeantes del chile especial de Rosie, el Infierno Vegano a las Seis Alubias, preparado según una receta secreta (que curiosamente incluía siete alubias) y a tope de unas especias tan picantes que al menos dos de ellas podían hacer que se te saliesen los ojos si se te iba la mano.

—¡Eo! —saludó April con voz cantarina, y se desplomó en su sitio de la mesa Roanoke—. ¿Soy yo o tenemos aquí un poquito de CHILE?

—Cuidado —la avisó Jo—, hoy pica que alucinas. Creo que Rosie debe de haber cogido unas guindillas nuevas de su huerto. —Cogió un pedazo de guindilla color rojo rubí de su cuchara y lo sostuvo en alto—. Alguna especie distinta.

Molly se recogió la larga melena rubia y la remetió bajo el mapache. Dos cucharadas después tenía el cuello y las mejillas rojos como tomates. Los padres de Molly no le echaban a la comida nada más que sal y pimienta. A veces ni siquiera pimienta.

La madre de Molly decía que la pimienta era «chillona».

Mal dio un trago a su vaso de leche de soja.

—¡Por todas las Edith Piaf! —resolló—. Creo que se me están fundiendo los dientes.

El alboroto del comedor, como de costumbre, era ensordecedor. Era el ruido de un campamento lleno de chicas molonas hablando de lo que habían hecho ese día y de lo que harían al siguiente, por lo que podían llegar a gritar mucho.

En la cabaña Walcott andaban ocupadas trazando su estrategia para el siguiente torneo de balontiro, donde la Walcott se imponía prácticamente siempre.

Las de la cabaña Roswell, tristemente conocidas por su obsesión con la comida muy picante, estaban compitiendo para ver quién era capaz de comer más guindillas crudas remojadas en chile.

April cogió una pizca diminuta de chile, nada más que una puntita de alubia. Una ola espesa de lo que le pareció auténtico fuego le recorrió la cara, el cuello y hasta los pies, curiosamente. Una lágrima solitaria le resbaló por las mejillas.

—Está bueno —consiguió decir con voz ronca—. Un poco picante.

—Buenas noches, Leñadoras.

Todas las chicas levantaron la vista. Rosie estaba de pie al lado de su mesa con un puñado de insignias de Piensa en verde, que descargó sobre el tablero.

—Felicidades. No es una insignia fácil de conseguir.

Jo, que tenía la lengua ardiendo, asintió.

—Gracias —logró articular Mal por entre el humo que se le estaba acumulando en la boca.

Rosie se apoyó en el mango del hacha.

—Yo adquirí muy tarde mi amor por el mundo botánico, pero es un bagaje crucial para las Leñadoras. Una planta te puede salvar el trasero.

April asintió mientras las imágenes de heroicas plantas voladoras inundaban su cabeza.

—Por sus propiedades medicinales —apuntó Molly.

—Claro. Eso también. —Rosie se quitó las gafas y las limpió con la camisa—. La idea que debéis recordar es que una leñadora está siempre preparada, y que parte de esa preparación consiste en conocimientos.

Porque esos conocimientos, de la flora, la fauna, de mecánica básica, pueden ser lo único que te salve de pasar la noche en un lago helado con una canoa a medio devorar.

April abrió los ojos como platos. ¿UNA CANOA A MEDIO DEVORAR? ¿QUÉ PUEDE SER CAPAZ DE COMERSE UNA CANOA?

Por suerte, Mal no oyó nada de esto porque las llamas que parecían salir disparadas de sus oídos la tenían distraída. No le habría apetecido darle demasiadas vueltas a la posibilidad de que devoraran su canoa en un lago helado. Lagos, no.

Rosie volvió a ponerse las gafas y las aposentó sobre el puente de la nariz con un rápido toquecito.

—Estoy segura de que os irá muy bien. Como digo siempre, las Leñadoras son duras de pelar.

Jen se acercó al grupo, encantada de ver que estaban donde se suponía que debían estar. De momento.

—¡Jem! —bramó Rosie mientras le daba a Jen una palmada en la espalda—. ¿Cómo estás? ¿Has tenido un buen día?

—Me llamo Jen —la corrigió Jen, con una sonrisa—. Y sí, gracias, he tenido una maravilla de día.

—Insignias nuevas para todas tus exploradoras —siguió hablando Rosie, como si no la oyera—. Un buen día, vaya que sí, Jeanette.

—Jen… —repitió Jen, levantando la ceja—. Me llamo JEN.

—Bueno, exploradoras —dijo Rosie, ajustándose las gafas—. Hay mucho que hacer, el día es joven, mucho que hacer.

Y dio media vuelta y salió del comedor.

9

Se había terminado la cena. Las Leñadoras recogieron las mesas, lavaron los platos y se adentraron en el mundo nocturno. Fuera, el cielo era de un malva vespertino.

Mientras April, Jo y Mal volvían hacia la cabaña, Molly se detuvo un momento bajo las estrellas.

Pequeñas luciérnagas trazaban círculos por el aire y despedían destellos verdes en la oscuridad, como linternas impetuosas.

Molly fue paseando más allá del fogón del castor, más allá de las pistas de voleibol, hasta llegar al bosque que rodeaba el campamento. No fue muy lejos, se quedó justo donde empezaban los árboles, para no perder de vista las cabañas pero sentirse un poco apartada de ellas.

Molly no daba esos paseos porque echara de menos estar sola. De hecho, en casa estar sola era un asco: ahí metida en su cuarto, jugando al solitario, leyendo o haciendo los deberes. Sobre todo haciendo los deberes. Los padres de Molly estaban obsesionados con que no le iba bien en el colegio. O no lo suficientemente bien. Los padres de Molly estaban bastante convencidos de que había un montón de cosas en las que su hija no acababa de ir bien.

Apoyó la palma de la mano contra la corteza nudosa de un orondo pino. Los pinos son increíbles porque, como la mayoría de los árboles, no tienen que preocuparse de cosas como los deberes. Existen y ya.

A Molly le encantaba el campamento, y estar con todo el mundo; era solo que a veces necesitaba un momento para respirar. Para sentir el espacio a su alrededor. Para acariciar un árbol.

—Hola, árbol —suspiró.

Las luces de las cabañas estaban casi todas apagadas. Molly se imaginó a las Leñadoras acurrucadas con sus libros, el resplandor de las linternas. Oía desde allí la tela de la bandera de las Leñadoras ondeando con la brisa.

Le gustaba estar con todas aquellas exploradoras, sentirse parte de algo, aunque solo fuese un montón de gente que se preparaba para ir a dormir. Se oyó un crujido.

Molly se dio la vuelta.

Una figura encorvada caminaba como un pato por entre los árboles, partiendo ramitas a su paso.

Molly aguzó la vista, esperando que sus ojos se ajustaran a la tenue luz de la luna.

¡Era la Mujer Osa!

Mujer Osa no era el verdadero nombre de la Mujer Osa, y tampoco es que le gustase demasiado, pero como no había manera de que les dijese a las Leñadoras su auténtico nombre, así la llamaban. Sobre todo porque, además de ser una vieja gruñona que llevaba encima capas y capas de abrigos gordos, la Mujer Osa se transformaba a veces en una osa de verdad; una enorme osa parda, para ser más concretos. De vez en cuando aparecía por el campamento, no se sabía de dónde. Ni tampoco adónde iba cuando desaparecía. Cosa que además, como les decía a menudo a las Leñadoras, no era asunto suyo.

En ese momento la Mujer Osa tenía forma humana, la forma de una anciana con una cara que parecía tallada en madera, con una mata de pelo canoso recogida en un moño alto, unas gafas gruesas como culos de botella apoyadas en la punta de la nariz y lo que parecían unas rodilleras de caparazón de tortuga. Además, la Mujer Osa tenía siempre la cara de alguien a quien le acabasen de decir algo muy desagradable.

Molly se acercó a su camino.

—¡Eh! Buenas noches —la saludó educadamente.

La Mujer Osa se volvió hacia ella con expresión de estar considerando la idea.

—Tan buenas como cualquier otra —farfulló.

Molly había vivido alguna que otra aventura con la Mujer Osa, junto con Mal, aunque nadie lo diría por la forma en que se dirigía a ella la Mujer Osa cada vez que se encontraban. Y esa noche no iba a ser una excepción.

—¿Qué haces aquí? ¿No tendrías que estar en la cama? ¿Esa directora que tenéis os deja ir a tontas y a locas adonde os venga en gana en plena noche?

Molly se encogió de hombros.

—No. Solo… Solo he salido a dar un paseo nocturno de última hora, pero muy cortito.

La Mujer Osa puso cara de disgusto y apartó a Molly de su camino.

—Paseo —refunfuñó—. PASEO. ¡Ja! En mis tiempos, las Leñadoras no tenían tiempo de paseos. Cuando yo dirigía este campamento, ¡aquí no paseaba nadie! Se podía caminar o se podía correr, ¡nada más! ¡PASEO! Menudo cuento.

Molly miró a la Mujer Osa con curiosidad.

—¿Adónde va usted?

—No es asunto tuyo —ladró la Mujer Osa—. Tengo cosas que hacer, y no son de tu incumbencia ni de ninguna de vosotras.

—Oh, yo…

—Así que largo.

Y dicho esto, la Mujer Osa cambió de forma. Envuelta en una ráfaga de chispas, su silueta se transformó en la silueta alta, peluda y pesada de una osa. Cuando adoptaba esta forma, la Mujer Osa era grande como una casa. O al menos como una cabaña. Chocó contra un árbol y de la sacudida cayó una lluvia de agujas de pino; luego se alejó brincando por el bosque.

Molly sonrió. La Mujer Osa tenía algo, algo superguay. Era, en

plan, una señora gruñona que podía hacer y ser lo que le diese la gana. A Molly eso le parecía increíble. ¡Y encima era capaz de transformarse en osa!

Pero, por supuesto, la Mujer Osa no era la única que se preguntaba qué estaba haciendo Molly ahí en el bosque.

—¡Eh! —Jen emergió de la oscuridad con el estuche de su telescopio colgado a la espalda—. ¿Qué haces aquí, Molly?

—Oh —respondió Molly, de pronto azorada, de pronto consciente de que estaba andando sola por el bosque, como en el comienzo de una peli de miedo—. Solo necesitaba un momento de tranquilidad.

—¡Excelente! Pues ahora podemos tener todas un momento de tranquilidad. En la cabaña. Vamos.

10

Cuando Jen y Molly llegaron a la cabaña, Ripley dormía ya a pierna suelta y soltaba unos ronquidos que parecían el ronroneo de un gato enorme y mullido.

Mal estaba con un cómic, Jo intentaba leer un libro sobre física cuántica y April estaba sentada en la litera de Jo hablando de Rosie.

—Está claro, ¿verdad?, que siempre que Rosie nos cuenta algo deja fuera como un millón de detalles.

—Hay toda una enciclopedia de cosas que no sabemos sobre Rosie —coincidió Jo, sin levantar la vista del libro.

April era una ávida coleccionista de historias sobre Rosie. Como la de aquella vez que, al parecer, cuando Rosie todavía era exploradora, había rescatado a una familia de centauros.

—Apuesto a que en sus tiempos de exploradora Rosie descubría una criatura nueva cada día. Apuesto a que descubrió un repertorio completo de bestias nuevas y misteriosas. Apuesto a que, se me ocurra lo que se me ocurra, ella lo habrá hecho antes.

Jo pasó la página.

—Eso suena agotador.

—Pero ¡guay! —apuntó April.

—Pero muy guay, sí.

April se recogió en un ovillo de profundos pensamientos aprilescos y se abrazó las rodillas.

—¿Por qué será que las literas de las demás son siempre tan cómodas?

—Es ciencia —respondió Jo.

—Hummmm…

—A ver —añadió Jo, y como claramente lo de leer no iba a ser posible, apoyó el libro sobre el regazo—, nosotras también hemos vivido algunas aventuras bestiales. Y hoy hemos encontrado unicornios. O sea… no vamos cortas de aventuras.

April asintió.

—Ah, ya lo sé. Es decir, no, claro que no.

—¿Y quién sabe lo que encontraremos mañana? A lo mejor caemos en otra dimensión de camino al desayuno, teniendo en cuenta el historial que llevamos. —A Jo no le parecería mal, porque no era muy de desayunos.

—Eso sería maravilloso —suspiró April.

—Siempre y cuando no sea una dimensión acuosa, me apunto —añadió Mal desde su litera.

—Muy bien —dijo Jen al abrir la puerta, y Molly entró corriendo y saltó a su litera, en la que Pompitas dormía ya acurrucado.

—Apagando luces. Solo linternas.

Jen apagó el interruptor y se dejó caer en su litera, satisfecha de que, por el momento, todo el mundo estuviese en un mismo sitio (¡y en el que tocaba, además!) y a salvo.

April bajó a su litera y se hizo un ovillo bajo la colcha mullida.

Molly se tapó y susurró:

—Buenas noches.

—Buenas noches —le respondió Mal también en un susurro.

—Buenas noches —dijo Jo a toda la cabaña. Luego se asomó por el borde, con la cabeza colgando sobre la litera de April—. Que sueñes con cosas alucinantes.

April asintió.

—Lo haré.

11

El día siguiente fue un ajetreo constante que comenzó con un desayuno de bollitos recién hechos y desembocó luego en una jornada de machaque leñador ¡repleto de cosas por hacer!

Barney y Ripley se marcharon después de desayunar a sus clases de claqué en el nuevo estudio de bailejercicio del campamento, que impartía la *funky* y flexible señorita Penelope P'Tattatattat.

Jo se encaminó al taller para desmontar varias piezas de maquinaria y después volverlas a ensamblar en sus nuevas y asombrosas invenciones (y también tenía que echarles un vistazo a sus jarrones, que habían salido hacía poco del horno, para poder conseguir su insignia de Licencia para hornear).

Mal y Molly estaban en pleno segundo intento de ganarse la insignia de Paz y labor, aunque Mal se clavaba la aguja en el dedo cada quince segundos y empezaba a estar un poco mareada: «¡Que no soy un acerico, soy una persona!». Y después de eso, iban a enfrentarse a la cabaña Woolpit en un partido de dobles de voleibol.

April iba de camino a la biblioteca para coger unos mapas cuando Rosie la vio desde el porche de la cabaña.

—¡Eh, hola! —la llamó—. ¿Puedes venir a echarme una mano?

A April le bastaron menos de dos segundos y medio para plantarse en el porche de Rosie. ¡ZAS!

—¿En qué puedo ayudarte?

—Necesito una exploradora con buen pulso. —Rosie se colocó las gafas—. ¿Hace?

April asintió con decisión.

—Hace.

Por dentro, la cabaña de Rosie era un espacio de líneas robustas pero acogedor, y lleno de libros y demás cosas, algunas reconocibles y otras bastante crípticas. La sala era en realidad un batiburrillo de estilos: había butacas barrocas de terciopelo con la estructura dorada —y llenas de elaboradas filigranas—, mezcladas con cortinas de flores y con las telas de cuadros y el mobiliario rústico y macizo (en su mayoría, obra de la propia Rosie) que era su debilidad. Había estanterías en todas las paredes, repletas de libros y de cajas, algunas cerradas con candado, y una, que emitía un tenue resplandor, hasta con varios cerrojos y cadenas.

En una de las paredes, estaba colgada la impresionante y diversa colección de hachas de Rosie; las había desde para cortar un pelo hasta para talar árboles. Una de ellas estaba clavada en el escritorio de Rosie, que era el mueble más grande de toda la estancia. El tablero estaba cubierto de virutas de madera y de un barullo de cables y muelles, todo ello rematado por un rollo de pergamino antiguo cerrado con un sello de cera roja de pinta viscosa.

«Es como un helado con *topping* de misterio», pensó April, maravillada.

Tras el escritorio de Rosie había una galería de retratos de las antiguas directoras del campamento, cuyo estilo oscilaba entre lo rígido y colonial, con cuellos altos y el pelo cardado, y un look desaliñado y cubierto de hojitas del bosque.

Miss Qiunzella Thiskwin Penniquiqul Thistle Crumpet, con su amasijo de rizos morenos apilados en lo alto de la cabeza como un cono de helado de máquina, las contemplaba imperturbable desde su retrato, con sus penetrantes ojos verdes clavados en April. Cada vez que visitaba la cabaña de Rosie, April dedicaba un instante a memorizar lo increíble que era, por si le hacía falta más adelante.

Rosie cruzó la sala dando zancadas y sus gruesas botas hicieron temblar ligeramente el suelo. Cogió la talla gigantesca de un rostro felino con una cornamenta enorme, tan grande como April, y se la tendió.

—Sostenlo aquí contra la pared un momento.

April levantó la talla por encima de su cabeza y la apoyó contra la pared.

—¿Aquí?

—¡Sip!

April miró arriba.

—¿Qué es?

Dio la impresión de que Rosie estudiaba un segundo el emplazamiento definitivo antes de responder.

—Una bestia con la que es mejor no meterse. En particular después de un temporal. O de hacerle una burda representación artística. Que voy a colgar… justo… aquí.

Y al instante, Rosie se sacó una enorme alcayata plateada del pañuelo con el que se recogía la melena pelirroja, guiñó un ojo y se concentró en el objetivo.

—No te muevas.

Con total precisión, lanzó la alcayata como si fuera un dardo, acertó en el centro del pasador que había en lo alto de la talla y la fijó a la pared.

Rosie dio un paso atrás, satisfecha.

—¡Perfecto!

April se apartó también. La criatura de madera —con ojos en forma de diamante y los labios curvados en una sonrisa complacida— osciló levemente colgada de la alcayata.

—¡Gracias por la ayuda! —le dijo Rosie, al tiempo que volvía al cuarto trasero de la cabaña—. ¡Seguro que tienes un millón de cosas por hacer!

Lo que tenía April eran un millón de preguntas que hacerle a Rosie, como si la talla de la criatura era a tamaño natural y dónde vivía esa criatura y todo eso, pero Rosie andaba ocupada, así que…

April se quedó paralizada. En la pared, junto a una cómoda butaca cubierta de libros y mantas, había visto unas bandas de las Leñadoras. Bandas. Repletas. De. Insignias.

—AY MI MADRE —dijo April casi sin aliento, extendiendo la mano para acariciar cuidadosamente el borde desteñido de la banda.

Porque ahí, colgados de un perchero de madera, sobre lo que parecía un chubasquero, estaban todos los logros posibles que una leñadora podía alcanzar. Es decir, lo suponía, ¡porque había demasiadas insignias para contarlas! Rosie tenía hasta las insignias de la doble hacha de bronce, de plata y de oro, que eran superdifíciles de conseguir, y… April pestañeó. ¿Qué era eso?

—Es la medalla de las Exploradoras Extraordinarias —dijo Rosie, que volvía con un cubo de metal—. Por demostrar habilidades exploradoras extraordinarias. Graban tu nombre en el reverso y todo, una chulada.

April giró la medalla. Pesaba mucho y estaba hecha de algo que tenía el tacto de una piedra pero que parecía oro. En el reverso, con letra elegante, estaban los nombres de Rosie y Abigail.

—Esto es…

—Queda muy bien ahí —dijo Rosie, asintiendo hacha en mano mientras contemplaba la talla colgada—. ¡Bueno pues! ¡Manos a la obra!

Y dicho esto, largó a April de la cabaña y se alejó dando zancadas adonde sea que vaya alguien como Rosie con un hacha y un cubo de metal.

—¡Gracias por la ayuda, exploradora!

—La medalla de las Exploradoras Extraordinarias —susurró April para sí.

Era como si cada palabra enlazara con la siguiente formando una cadena perfecta. April bajó los escalones del porche dando saltitos y fue corriendo todo el trecho hasta la biblioteca.

12

El sol brillaba y April tenía el día entero por delante. Traducido al lenguaje leñador, eso significaba que todo era posible.

A la hora de comer, April estaba encorvada sobre la mesa de pícnic con un montón de mapas, una brújula, su cuaderno y una modesta provisión de aperitivos.

April había desplegado los mapas sobre la mesa con ayuda de unas cuantas piedras. El problema con los mapas es que nunca hay SOLO UNO, ni siquiera de un área concreta. Uno de ellos era un mapa reciente que mostraba todas las distintas elevaciones en la zona del campamento. Otro era un mapa algo más antiguo que tenía arbolitos dibujados en el lugar que ocupaba el bosque y unos peces diminutos nadando en los ríos y lagos. Otro mostraba la fauna diversa, con puntos que representaban los distintos animales.

Además, April tenía el mapa de la *Guía de fauna y flora de las*

Leñadoras, con aquellos extraños diamantes dibujados a lápiz a saber por quién.

A su alrededor, el campo bullía de actividad, lleno de Leñadoras haciendo sus cosas de Leñadoras, pero April apenas reparaba en ello, porque estaba concentrada en sus mapas, trazando los pasos de la cabaña Roanoke a través del bosque, cruzando el arroyo, hasta llegar al prado de campanillas de clavo.

Después de dos barritas de cereales, una manzana, un brik de zumo y una bolsa de patatas fritas, una cosa estaba clara: la montaña que habían visto el día antes no salía en ninguno de aquellos mapas.

Sí que aparecían en ellos el bosque que habían atravesado, el Arroyo Susurrante en el que se había caído Jen mientras las buscaba y el prado de campanillas; pero en todos, al llegar al margen del prado, solo había… nada.

No nada, obviamente, aunque eso tendría su interés, sino que no había ninguna montaña.

Una montaña COLOSAL como aquella… ¿y no salía en el mapa?

April contrajo la cara en un gesto de profunda reflexión.

No había ninguna montaña. O PUEDE QUE. Fuese una montaña que nadie conocía.

Sintió cómo se le aceleraba el corazón, como se acelera cuando algo alucinante está a punto de suceder.

Porque el corazón es el primero en enterarse.

¿Querría decir eso que nadie la había escalado nunca? Porque si nadie la había escalado nunca, eso significaba que era la oportunidad de convertirse en… ¡una Exploradora Extraordinaria!

April se levantó de un salto de la mesa de pícnic y cruzó al galope por entre una bandada de Leñadoras haciendo taichí, camino del taller.

Cuanto más se acercaba a su destino, más crecía la idea en su fuero interno y mejor le parecía, como una explosión de luz que empieza con una chispa y momentos después se convierte en fuegos artificiales; que comienza como una buena idea y momentos después… es el mejor plan que haya existido nunca.

«¡Pues claro pues claro pues claro!», iba pensando April.

Porque, UFFF, ¡era tan EVIDENTE!

¡La montaña!

13

JO! —la llamó April irrumpiendo por la puerta e inundando de luz el taller polvoriento—. ¡JO! ¿ADIVINA QUÉ?

Jo se echó atrás la máscara de soldar, que era muy intimidante, como de villano de cómic, y apagó el soplete.

—¿Qué?

—¡Extraordinario! —April iba dando saltos por el taller—. Va a ser alucinante.

—Genial —respondió Jo, y se apoyó en la mesa metálica gigante que había en el centro del taller, asumiendo que el tema iba para rato—. Lo que dices no tiene mucho sentido, pero cuando recuperes el aliento, soy toda oídos.

—Vale vale vale. —April estaba tan entusiasmada que era difícil hablar o quedarse quieta o hacer ambas cosas a la vez, así que se puso a correr sin moverse del sitio, delante de Jo, repitiendo «Vale»—. Vale vale vale… A ver… vale.

April cerró los ojos: veía la montaña en su mente, clara como el agua. Se imaginó agarrada a la pared rocosa, con el viento agitando su pelo.

¡Y… cuando recibieran la medalla de las Exploradoras Extraordinarias llevarían todos sus nombres grabados en ellas!

Era perfecto. Era leñadoralucinante. Era posible que fuese incluso cosa del destino, porque ¿qué otra cosa se puede decir de algo con lo que te has topado SIGUIENDO UN UNICORNIO?

¡ESO ES EL DESTINO, NENA!

—Vale —dijo de nuevo. Costaba pensar con todas esas voces saltando de aquí para allá en su cabeza.

Jo se quitó los guantes. Ya tenía experiencia con estos momentos de «OH, DIOS MÍO, ¡¿A QUE NO SABES QUÉ?!» de April. Seguramente hasta le daba tiempo de ir a echar un trago rápido de agua antes de…

April sacudió las manos con los brazos extendidos.

—Vale.

—Cuando estés preparada. No hay prisa.

—Vale. —April dejó de saltar, casi del todo. Era posible que se le hubiesen acabado los «vale»—. ¿Recuerdas la promesa que hicimos cuando nos convertimos en Leñadoras?

—Por supuesto que sí —respondió Jo.

April y Jo se llevaron las manos al pecho: April la apoyó en su jersey y Jo en el delantal de soldar.

—Una vez más, con sentimiento, porque soy la única que se

lo ha aprendido de memoria… Me comprometo solemnemente a dar lo mejor de mí —comenzó Jo, presionando un guante de piel contra su corazón—, día tras día, y en todo lo que haga…

a ser fuerte y valiente,
honesta y compasiva,
interesante e implicada,
a respetar la naturaleza
a atender y cuestionarme
el mundo que me rodea,
a pensar en las demás primero,
a proteger y ayudar siempre a mis amigas,
~~[aquí venía una frase sobre Dios o algo]~~
y a hacer del mundo un lugar mejor
para las Leñadoras
y para el resto de la gente.

AQUÍ VENÍA UNA FRASE SOBRE DIOS O ALGO

—Mañana vamos a volver allí —dijo April, golpeándose la palma de la mano— ¡y vamos a subir esa montaña!

—¿Qué montaña?

—¡La de ayer! ¡La de los unicornios!

—¡Ah, muy bien! ¿Y por algún motivo en particular? —No es que hiciese falta uno, Jo lo preguntaba por simple curiosidad.

April levantó los brazos con los dedos extendidos, en dirección a las estrellas.

—Porque está ahí pero no la encuentro en ningún mapa. —Y blandiendo los mapas que llevaba aún apretujados en la mano, añadió—: Y hay una medalla que les dan a las Leñadoras cuando hacen algo extraordinario, y Rosie la tiene… O sea, Rosie tiene todas las insignias que existen, pero luego además tiene esta medalla, y cuando te la dan graban los nombres de todas, y si escalamos una montaña que no sale en ningún mapa, que nadie ha escalado antes…

A veces hay demasiadas cosas que decir y demasiado poco oxígeno para decirlas. Las mejillas de April resplandecían sonrosadas.

—Bueno —dijo Jo, pensando mientras hablaba—. La verdad es que tengo un equipamiento nuevo que me gustaría probar.

April lanzó el puño al aire.

—¡Sí, sí, sí!

Jo se quedó mirando a su amiga, que daba brincos de pura emoción. A veces, cuando April hablaba a cierta velocidad, Jo, que la conocía bien, sabía que eso que la emocionaba era algo que iba a llevar a cabo de todas todas. Daba igual lo grande que fuera. Grande como una montaña.

En el mundo normal, fuera del campamento, en la casa normal en la que vivía con su padre, el cuarto de April estaba lleno de trofeos, de bandas y medallas. Jo se había quedado una vez a dormir en su casa y se había pasado la noche entera fascinada con aquellas paredes plagadas de medallas de esquí y de pulsos, su trofeo de ajedrez, su copa de oro de salto de altura y los tres cinturones negros de karate, jiu-jitsu y capoeira. En el mundo normal, fuera del campamento, algunos compañeros de clase decían que April era superambiciosa, que es otra manera de decir «intensa», que es otra manera de decir «demasiado intensa».

Jo sabía que April no era ni superambiciosa ni demasiado intensa, era alguien a quien se le metía una idea en la cabeza, como ganar el Concurso de Fanfiction Magia del Pueblo Sireno, o resolver un misterio, y lo hacía.

Y además llevaban suficientes años siendo amigas como para saber que su madre, mientras estuvo viva, era igual que ella. Que la madre de April acometía el día de un modo que dejaba a todos agotados salvo a su hija.

April solo era realmente ella misma cuando tenía una gran idea dentro que la hacía hablar a toda velocidad hasta quedarse sin aire.

A Jo no le parecía que fuese nada malo.

—Muy bien —dijo Jo, sacándose el equipo de soldadura para guardarlo como correspondía, que era una de las cosas que hacían que Jo fuese Jo—. Cuenta conmigo. Voy a ir preparando las cosas mientras convences a las demás de que es buena idea.

April se frotó las manos.

—¡Eso está hecho!

14

April tuvo que esperar hasta después de cenar —esa noche tocaban albóndigas de setas— para convencer a Ripley.

De hecho, tuvo que esperar todavía más, porque después de la cena proyectaron una retrospectiva de directoras famosas que estuvo plagada de gente y también de películas con una selección de personajes realmente interesante.

Para cuando April, que estaba a punto de estallar con su alucinante idea, consiguió por fin hablar con ella, Ripley estaba hecha polvo en su litera tras una noche de palomitas de cine, galletas con chips de chocolate de cine, batidos de cine y Nora Ephron.

—¿Qué me dices de otra ronda de unicornios mañana, seguida del ascenso a una montaña gigantesca, Rip? —le preguntó April, con las palabras agolpándose de la emoción.

Ripley estaba bien arropada y tenía a su unicornio de peluche, don Chispitas, acurrucado bajo la barbilla.

—Hummmm, unicornio… —murmuró, dándose la vuelta en la cama—. Sí, vamos a unicornear.

—Excelente —dijo April, cerrando el puño en un gesto de victoria. Se volvió hacia Jo, que estaba de pie junto a sus mochilas con una cuerda en una mano y una pieza metálica en la otra—. Vale, Ripley se apunta.

—Sí, vamos a bailar el baile del unicornio —siguió diciendo Ripley medio dormida y destapándose—. Sube el volumen. ¡Eh! Esos zapatos de claqué no son tuyos. ¡Dámelos!... Rosquillas…

—No sé si eso cuenta como un sí, teniendo en cuenta que claramente está hablando en sueños —señaló Jo, mientras enrollaba un largo tramo de cuerda.

—Dejémoslo en un «seguramente» —respondió April, y salió de la cabaña—. ¡Quedan dos!

Mal y Molly estaban sentadas a una mesa de pícnic poniéndose tiritas tras un día cosiendo colchas. April se abalanzó sobre ellas.

—¡¿A que no sabéis qué vamos a hacer mañana?! —les dijo.

—¿Eh? —respondió Mal.

—Vamos a… redoble de tambores, por favor… ¡escalar la montaña de los unicornios que vimos ayer!

—Un momento… —dijo Mal, entornando los ojos como si estuviese intentando visualizarlo pero le costase mucho trabajo—.

¿Vamos a subir a una montaña misteriosa, superalta y seguramente muy peligrosa de escalar?

—Exacto —April asintió enérgicamente.

—Hummmm… Interesante. Pues… Tiene pinta de ser bastante peligroso.

April se lo planteó en voz alta, con un tono más agudo a medida que hablaba.

—¿Se podría decir que es peligroso?

—Bueno, al menos algo arriesgado sí parece —apuntó Molly—. En fin, no peligroso a nivel dinosaurio, pero un poco sí.

Los dinosaurios representaban un 8 sobre 10 en la escala leñadora de peligrosidad.

—¿Y vamos a escalar esa montaña por? —preguntó Mal con gesto suspicaz.

Molly esperó a ver con qué se las ingeniaba April. ¡April siempre sacaba algo de la manga!

—¡Porque será algo trascendente! —exclamó—. ¡Porque no hay montaña demasiado alta para una leñadora!

—Me parece a mí que la letra no era así —dijo Molly frotándose la barbilla—. Creo que decía…

—Porque Jo tiene un nuevo invento y quiere ponerlo a prueba —la interrumpió April—. Y además hay una cosa que se llama la medalla de las Exploradoras Extraordinarias, y nos la llevaremos de calle si conseguimos esta hazaña extraordinaria. Y podemos de sobras porque: ¡AMISTAD A TOPE!

Eso eran al menos tres razones de peso, pensó April.

En la cabaña Zodiac estaban practicando con el acordeón para la insignia Acordes acordeones.

La música pasó de una polca a algo así como una interpretación moderna de una pocka, y proporcionaba lo que podría definirse como la banda sonora perfecta para la apasionante aventura que las esperaba.

Mal se preguntó cómo debía de ser dedicar las noches a algo que no fuera tramar aventuras peligrosas. Simplemente ¿pasar el rato?, ¿relajarse?

Se preguntó también cuándo había sido la última vez que se habían «relajado» en la cabaña Roanoke. No le vino a la memoria recuerdo alguno.

—Vale —farfulló—. Al menos no hay que meterse en ningún lago.

—Yo también me apunto —dijo Molly—. Seguro que Ripley se muere de ganas de ver a los unicornios otra vez.

—¡Sí, sí, sí!

April se puso a dar vítores, y luego volvió brincando a la cabaña a preparar la mochila para su próxima aventura. ¡Había tantas cosas por hacer! ¿Cómo lo había dicho Rosie? ¡Siempre preparada! O algo así. Vale, a ver, tenía que coger algo de picar, un cambio de muda por si hacía frío en la cima de la montaña, más picoteo…

—¡Jo! —anunció al tiempo que se precipitaba por la puerta de la cabaña—. ¡Ya estamos todas!

En la mesa de pícnic, Mal se volvió a mirar a Molly, que estaba disfrutando de la caricia del aire nocturno en su cara.

—Ojalá pudiera embotellar esta brisa fresca y conservarla para siempre —dijo con un suspiro.

A veces Mal deseaba sentir lo mismo que parecían sentir las demás cuando se trataba de hacer algo peligroso. A veces cuando todo el mundo se emocionaba a tope, ella solo se ponía nerviosa, o se veía rara.

No es que hubiese nada de malo en ser rara. O sea, Mal no tenía ningún problema con lo raro. Sabía que la mayoría de la gente que valía la pena ahí fuera era rara. Y no le importaba en absoluto ser rara ella misma.

Era solo que…

¿Por qué todo tenía que ser raro y como de vida o muerte?

Mal se quedó mirando el bosque oscuro y profundo.

—En serio. ¿Soy yo o estamos siempre haciendo cosas de estas? O sea, cosas un poco locas y que dan un poco de miedo.

—Al menos esta vez estamos *planeando* hacer algo un poco loco, y no cayendo de cabeza porque nos persigue no sé qué, o nos caemos no sé dónde o porque un dios coge de rehén a alguien y hay que ir a salvarlo.

—Esta vez —murmuró Mal.

—Esta vez —reconoció Molly, y espantó un mosquito lejos de Pompitas, que roncaba suavemente encaramado a su cabeza.

Molly se puso a juguetear con el roto de sus vaqueros.

—Eh… —la tranquilizó Molly—, estamos juntas en esto pase lo que pase, ¿vale? Mientras estemos juntas, todo irá bien.

Mal se levantó y se desperezó.

—Vale. Pero entretanto, voy a picotear un pastelito antes de dormir.

15

Mal volvió paseando al comedor, en busca del alijo de madalenas que estaba escondido en la nevera secreta que había detrás de la nevera oficial, como sabía cualquiera que hubiese hecho LC (limpieza de cocina) alguna vez.

Al pasar por delante de la cabaña Zodiac, Wren, la única exploradora de la cabaña que seguía sentada en los escalones, dejó de tocar el acordeón, que soltó un suave fffffiuuu final. Wren se apartó el flequillo lila de la cara con un soplido. Llevaba los dedos llenos de anillos; los había hecho ella misma para conseguir la insignia de Que la forja te acompañe. Mal se fijó en que llevaba también una camiseta vieja de Le Tigre, que, en fin, eran buenos.

—¡Eo! —la saludó Wren—. Tú tocas, ¿verdad?

Por una serie de razones que eran bastante obvias y al mismo tiempo todo un misterio, la cabaña Zodiac y la cabaña Roanoke no siempre se llevaban bien. Aunque Barney era de la Zodiac y todo el mundo en la Roanoke le quería. Pero en la Zodiac seguían casi todas mosqueadas por aquel asuntillo de Diane, antigua miembro de la cabaña y también, posiblemente, una diosa romana involucrada en un misterio que la Roanoke más o menos resolvió, lo que tuvo como resultado que expulsaran a Diane del campamento por un tiempo.

Mal hizo una pausa. Luego asintió.

—Sonabais muy bien —respondió con desenfado, mientras hacía girar uno de sus pendientes de aro.

Wren suspiró y dejó caer la barbilla sobre el acordeón.

—Damos bastante pena.

—Pero ¿qué Cyndi Laupers dices? ¡Si sois geniales!

Wren le tendió el acordeón.

—Bueno, pues tenemos un sitio si quieres tocar con nosotras.

Mal se señaló a sí misma, dubitativa.

—*¿Yo?*

—Necesitamos a alguien que sepa leer partituras —explicó Wren con gesto serio—. Hes es la única que sabe, pero pasa bastante del tema... ¿Tú sabes? ¿Sabes solfeo?

—Ah, sí, por supuesto. Mi madre y mi abuela son músicas. Mi abuela es flautista y me enseñó cuando era pequeña.

—¿Y sabes tocar el acordeón? —El acordeón de Wren era de un rojo brillante, con llamas dibujadas a los lados, y unas teclas y botones negros y relucientes.

—No —respondió Mal con una sonrisa—, pero sé tocar la guitarra, la tuba, el clarinete, la batería, el violín, el piano y la flauta, claro, así que… no puede ser tan difícil, ¿no?

Wren puso los ojos en blanco. ¿Por qué las de la Roanoke tenían que ser tan buenas haciendo, en plan, TANTAS cosas?

—Vale —dijo. Se levantó y guardó el acordeón en su funda—. Tenemos ensayo mañana por la noche, antes de cenar.

—Excelente —respondió Mal, con una voz que apenas llegaba a disimular su total y absoluta emoción.

Sería genial volver a tocar algo. Era como raro llevar tanto tiempo sin tocar, en realidad, porque cuando estaba en casa era prácticamente lo único que hacía. Ya de pequeña, iba todos los días a casa de su abuela, que estaba chiflada, a practicar con la flauta mientras la mujer se peleaba con sus gatos porque le robaban los calcetines.

¡A lo mejor en la Zodiac montaban una banda leñadora! ¡Y a lo mejor Molly y ella podían estar EN la banda! O a lo mejor podían montarla en la Roanoke, entre aventura y aventura…

Mal dijo adiós a Wren con la mano y volvió corriendo a la cabaña. Porque a veces, cuando tienes en la cabeza una idea realmente alucinante, otras, como comerte una madalena, se pierden por el camino.

Esa noche, en la cabaña Roanoke, cuando todos los dientes estuvieron cepillados y todas las linternas apagadas, las exploradoras comenzaron a soñar. Técnicamente, todo el mundo sueña, pero a veces esos sueños son especialmente chulos.

Molly soñó con la Mujer Osa acechando en el bosque.

Jo soñó con la mecánica básica de las poleas.

Mal soñó con tocar música cañona para una masa fragorosa de fans vociferantes.

Y cuando April, que estuvo despierta hasta mucho más tarde que las demás, cayó al fin dormida, soñó con la montaña.

SEGUNDA PARTE

¡VENGA, ARRIBA!

«Hay una cumbre pendiente.»

Las Leñadoras aspiran siempre a llegar a lo más alto, y escalar montañas es una de las maneras de acceder a lugares elevados. En cuanto que escaladoras, deberán recurrir a sus conocimientos de nudos y cuerdas y de los fundamentos de la gravedad para coronar la cima. Como en cualquier otra empresa, enfrentarse a una montaña de cualquier tamaño —hasta cruzar una topera— requiere planificación, una cuidadosa técnica de pies y, por encima de todo, trabajo en equipo.

Gracias a la escalada, las Leñadoras aprenden la importancia de la concentración, la dedicación y la cautela. Pensemos que, en la cima de cualquier montaña, una leñadora debe tener siempre presente que todo lo que sube...

16

Las Leñadoras tienen una larga y orgullosa herstoria plagada de aventuras, y también de peligros, misterios y enfrentamientos, combates de lucha libre contra lo teóricamente imposible. Afrontar y aceptar este desafío es básicamente en lo que consiste ser leñadora, pues las Leñadoras son temerarias y osadas.

O lo que es lo mismo, cuando eres leñadora el destino tiene siempre su pequeño papel.

Toda leñadora conoce bien esa sensación de hormigueo, de escalofrío, de puñetazo del destino; como un gran bocado de helado, solo que es un gran bocado de helado en el corazón.

El día siguiente, April se despertó y saltó de la cama como una gimnasta en el potro.

Mientras sus compañeras Leñadoras seguían dormitando, April vio cómo el cielo morado de la noche se teñía de amarillo matutino y luego de azul. Por supuesto, Jen estaba ya fuera haciendo cosas, porque Jen se levantaba antes incluso de que el sol se deslizara sobre el horizonte. Ese día tenía reunión de monitoras, y se hacía tan a superprimera hora que no era ni siquiera una reunión matinal, era de madrugada.

Iba a ser un día perfecto, pensó April, lo sentía en todos y cada uno de sus huesos: en los huesecillos de los pies y los dedos de las manos, en los bloques de Lego de su columna, en todas partes.

April se puso de pie en la litera y alargó el brazo para darle un toquecito a Jo, que dormía en la litera de arriba.

—¡Eh! —le susurró con fuerza—. ¡Jo! ¿Jo? ¿Estás despierta?

—Evidentemente no —respondió Jo, con la cara hundida en la almohada. La cubierta del libro que estaba leyendo, sobre moléculas y demás partículas, asomaba por debajo de la funda de la almohada.

—Bueno, vale. —April apoyó la barbilla al lado de la almohada de Jo—. Pero te vas a despertar pronto, ¿verdad? Porque en cuanto te levantes ¡nos echamos a la CARRETERA!

—Mmmmmmhmmm. —Jo se envolvió con más fuerza entre las sábanas. En casa, sus padres habían inventado un despertador para ella que la despertaba con preguntas sobre física cuántica básica.

Pero April era mucho más ruidosa y persistente que su despertador. Y no tenía botón de apagado.

—Bueno, pues —dijo, saltando al suelo de la cabaña—, tenemos que hacer las camas, desayunar, hacernos con algo de picoteo.

O sea, más o menos media hora. ¡Lo que significa que tendremos tiempo de sobra si nos LEVANTAMOS TODAS EN LOS PRÓXIMOS CINCO MINUTOS!

—PERO ¡¿QU…?! —despierta del susto, Mal se sentó de golpe en la cama, con un único ojo despierto y abierto mirando a April—. ¿Qué hora es? ¿Qué pasa?

April se había enfundado ya en unos pantalones cortos y una camisa limpia y almidonada y se estaba poniendo ahora los zapatos.

—¡Es hora de levantarse!

Jo bajó de la litera, buscando un camino en el suelo que no estuviese cubierto de sudaderas, jerséis y calcetines del día anterior, y de… ah, una barrita de cereales.

Pegada con celo a la puerta, con la letra impecable de Jen, había una lista de «TAREAS PARA LA CABAÑA ROANOKE» ese día. Jo arrancó la lista de la puerta.

—Eh, hoy tenemos un montón de cosas por hacer —dijo—. Supongo que limpiar la cabaña es una de ellas, yyyyy… En efecto, tarea número 42: «Limpiar cabaña».

April agarró la lista y se la metió en el bolsillo.

—Ya lo haremos a la vuelta —dijo, con prisas—. Hay tiempo de sobra. Ningún problema.

—¿Las cincuenta y tres cosas? —respondió Jo—. Va-le.

Volvió a su litera a vestirse. La ropa de Jo no estaba en la pila del suelo. Sus caquis estaban plegados con esmero en el cajón. La ropa de Ripley, sin embargo, estaba toda tirada por ahí.

—Mpff. —Ripley se peleó con las sábanas para salir de la cama, se arrastró por el suelo como una oruga y se metió en la camiseta que había a los pies de su litera. Tras varios minutos retorciéndose, su cabeza emergió por el agujero del cuello. ¡POP!—. Pantalones. Calcetines. Desayuno —murmuró—. Rosquillas…

Pompitas el mapache seguía todavía hecho un ovillo en la melena matutina de Molly, que parecía un mañoso nido de pelo rubio.

—Uuuuh. Rosquillas, desde luego. —Molly bostezó y se desperezó en la calidez de su saco de dormir, que estaba bastante segura de que era la cosa más acogedora del universo—. ¿Alguien ha visto mis calcetines?

Fuera, la sección de viento de la banda a-levantarse-todo-el-mundo de las Leñadoras estalló con los primeros compases de «Bad Reputation», de Joan Jett.

—Míralas —refunfuñó Wren, viendo por la ventana de la Zodiac como todas las exploradoras Roanoke desfilaban hacia el comedor para desayunar—. Pero ¿es que no DUERMEN?

Roanoke era la primera cabaña de la fila. Roanoke se puso en fila ANTES incluso de que se formase la fila de exploradoras esperando su desayuno. Y este no consistió en rosquillas, sino en un menú sano con muesli, plátanos y zumo de naranja recién exprimido que habían preparado las exploradoras de la Roswell, que estaban tratando de hacerse con la insignia de la Dieta muesliterránea.

Mal se acercó a la barra y cogió un bol.

—¿Soy yo o hay una insignia para cada ocasión culinaria?

—No eres tú —le aseguró Molly—. A mí me toca la insignia Malvadisco la semana que viene.

—¡Pues Barney me ha contado que a ellos les toca la de Desafío en bandeja! ¡Y harán FONDUE! —se alegró Ripley.

April estaba tan excitada que apenas podía pensar en comida.

Las monitoras del campamento estaban todas sentadas a una mesa de la esquina, enfrascadísimas ya en su sesión de *brainstorming*, que es básicamente una reunión en la que las monitoras hablan de lo que hacen las exploradoras y de lo que deberían hacer ellas al respecto. También es en esas reuniones donde deciden quién se encarga de qué tareas, como el mantenimiento de los establos de alces y la LC. Llevaban todas los uniformes verdes y amarillos, y las boinas verdes perfectamente colocadas sobre sus variopintas cabezas.

Maddy, la monitora de la cabaña Woolpit, acababa de terminar de comentar el inminente torneo de voleibol en el que las exploradoras de la Woolpit, auténticas entusiastas del deporte, esperaban ARRASAR de un modo total y absoluto. Jen estaba a la cabecera de la mesa, recogiendo el acta, que era algo que le encantaba. Le gustaba sobre todo ese momento en el que le tocaba decir: «¡Haya orden, por favor!».

En la mesa Roanoke, era April la que controlaba el orden del desayuno, lo que quería decir que se estaba asegurando de que todo el mundo comiera mucho y rápido.

—¡Estupendo! —April se metió dos cucharadas gigantescas de cereales en la boca y empezó a engullirlas rápidamente—. ¡A masticar se ha dicho! ¡A toda máquina!

—Ostras, April —protestó Mal—. ¿¡Qué tal si dejas que esta chica se termine su zumo de naranja!?

—¡No hay tiempo!

Ripley se embutió unas cuantas cucharadas extra de muesli en las mejillas. Pompitas saltó de la cabeza de Molly y siguió su ejemplo. Jo se terminó el zumo y metió un par de plátanos en la mochila. Molly mascó los cereales mientras se preguntaba qué desayunaría la Mujer Osa. ¿Pescado, tal vez?

¡Se les estaba escurriendo el día entre las manos!, pensó April. Se levantó corriendo de la mesa y empezó a conducir a todo el mundo afuera—. ¡Venga, venga, venga!

Rosie entró con un saco gigante de vete a saber qué justo en el momento en que las exploradoras de la Roanoke cruzaban a la carga la puerta.

—¿Y esa prisa? —les preguntó Rosie, y dejó caer el saco al suelo con un tremendo PLOF. Clavó la mirada en las mejillas abultadas de Ripley—. ¿Haciendo acopio para el invierno?

—¡MUFLI! —respondió Ripley señalándose los mofletes.

Pompitas soltó un chirrido amortiguado.

—Solo estamos ansiosas por salir y disfrutar del esplendor de la naturaleza —barboteó April mientras rodeaba con los brazos a Ripley.

—¡Excelente! —respondió Rosie, cogiendo de nuevo su saco lleno de bultitos y retomando el camino al comedor.

—¿Soy yo o Rosie siempre va con algo un pelín misterioso a cuestas? —se preguntó Jo en voz alta.

Jen no reparó en las idas y venidas de las exploradoras de la Roanoke, en parte porque habían entrado y salido a toda velocidad, y en parte porque mientras salían Jen estaba golpeando la mesa y gritando: «¡Haya orden, por favor!».

—Caray —despotricó Marcie, la monitora de la cabaña Dighton—, ya nos has mandado callar cuatro veces en los últimos diez minutos. ¿Podemos ir aligerando?

Frente a la puerta de su cabaña, April sí estaba lista para ir aligerando. Mientras las demás cogían sus mochilas, ella se paseaba de aquí para allá. Ese zumbido que había sentido por la mañana se había extendido por todo el cuerpo: lo notaba en la nariz, en el pelo, en los dedos de los pies, en el intestino delgado. ¡Era emoción! ¡Era el momento! April se puso a correr sin moverse del sitio, con la mochila dando botes a su espalda.

—¡Adelante!

Ripley y Pompitas fueron los primeros en salir de un brinco por la puerta. Saltaron en el aire en formación de doble estrella de mar.

—¡UNICORNIOS! —exclamó Ripley.

—¡CHIRP! —chirrió Pompitas.

—¡EN MARCHA! —gritó April.

Y en marcha se pusieron.

17

Para localizar por segunda vez a la manada de unicornios fue necesario avanzar cuidadosamente y rastrear sus pasos, lo cual era complicado porque, como había notado en Jo, los pies de los unicornios no dejaban rastro.

—¿No se llaman pezuñas? —preguntó Molly, mientras se abrían paso por la primera tanda de árboles y bosque, siguiendo el mapa de la *Guía de fauna y flora*—. No, deben de llamarse cascos —continuó Molly, y cruzaron con cuidado el Arroyo Susurrante, caminando en equilibrio sobre las piedras que asomaban en la superficie del agua—. Porque los unicornios no llevan herraduras, ¿verdad?

Mal pasó por encima de unos arbustos con gesto precavido, sin bajar en ningún momento la guardia ante la presencia de enredaderas u otros posibles depredadores, que podrían estar acechando en cantidades infinitas para tenderles una emboscada.

Nunca se sabía.

Molly escuchó el crujido del lecho del bosque bajo sus pies. «La alfombra de la naturaleza», pensó. Imaginó cómo sería tener unas zarpas enormes, sentir las garras hundiéndose en la tierra húmeda al correr.

Justo en ese momento, Molly notó un tirón en el pie. Al caer sobre la rodilla, le pareció ver, apenas un instante, un hilito verde y diminuto enroscado entre las agujas de pino del suelo. Pero fue solo un segundo.

—¿Molly? —Mal se detuvo y se apartó el pelo negro de la cara para mirar atrás—. ¿Estás bien?

—Sip —le respondió Molly.

Se sacudió la tierra de las palmas de las manos y corrió para intentar alcanzar a Mal. Seguramente no era nada, pensó. Pompitas se despertó en ese momento de una breve siesta en su cabeza, chirrió excitado y bajó de un salto para perseguir a una mariposa.

—No te pierdas —le gritó Molly.

—Hoy el bosque huele deliciosamente boscoso —dijo Ripley, haciendo piruetas detrás de Pompitas.

—Disfrútalo mientras puedas —dijo Jo.

—Eh, adivina a quién han invitado a tocar el acordeón con la Zodiac —le dijo Mal a Molly cuando esta la alcanzó.

—¿A ti?

—¡Sí! Hace un montón que no toco. Espero no dar pena.

Mal estaba prácticamente botando de emoción. A lo mejor hasta podía tocar alguna de las canciones que había compuesto en casa. A Molly le encantarían. ¡Eh, podría ser una sorpresa!

—Pero ¿qué dices? ¡Vas a hacerlo genial! —Molly se metió las manos en los bolsillos—. Y, o sea… ¿pasarás mucho tiempo ensayando con la Zodiac, entonces?

Mal asintió enérgicamente.

—A ver, en casa estoy en un grupo, ¿sabes? Y nos pasamos el día ensayando. O sea, prácticamente no hago otra cosa. Mi madre siempre dice que para ser buena hay que ensayar. Ella antes estaba en un grupo, toca la guitarra desde que tenía, en plan, seis años. Es que mi abuela estaba obsesionada con que practicara, ¡así que le dedicaba como ocho horas a la semana!

Molly se mordió el labio. Era una bobada, por supuesto, sentir un poquito de envidia porque alguien que te importaba un montón hubiese encontrado algo que le gustaba muchísimo y que no ibais a hacer juntas.

Negó con la cabeza para sacudirse de encima cualquiera que fuese ese pensamiento que le estaba haciendo un nudo en el estómago. Qué tontería.

—Oye —le dijo Molly, en voz baja, justo por encima del crujido de sus pasos—, ¿alguna vez te parece que el suelo del bosque es como la alfombra de la naturaleza?

Pero Mal andaba ya pensando en nombres para un grupo de acordeón.

—Volveremos a tiempo para el ensayo de antes de cenar, ¿verdad? O sea, no vamos a pasar fuera todo el día y toda la noche, ¿no?

—Claro —respondió Molly con voz queda.

Y mientras caminaban, aquel hilito verde que parecía un poco un zarcillo de enredadera, se quedó pegado al talón de su zapatilla.

18

April avanzaba decidida, la vista al frente, los ojos relumbrando como si llevara puestas las luces largas de la determinación.

Un día con un plan era siempre un buen día. La sensación de posibilidad era muy vigorizante, como esas tazas de café que había probado alguna que otra vez durante el último año: un meneo para el cerebro.

La noche antes, tumbada en la litera mientras las demás roncaban, April había dibujado la montaña, de memoria, en su cuaderno, que iba ahora metido en el bolsillo trasero del pantalón.

Como lo había hecho de memoria, no era un dibujo muy detallado. Era más que nada una línea dentada que iba subiendo, bajaba un poco, luego seguía arriba, arriba y arriba hasta hundirse entre las nubles y al final descendía por el otro lado. Había dibujado también estrellitas alrededor (y unos cuantos unicornios, ya de paso).

En el reverso de la página, April vio los dibujos de otras criaturas y cosas que habían encontrado en sus aventuras: las brontocriaturas de tres ojos, los centauros bicéfalos, aquel *grootslang* con cabeza de elefante. Llevaba cuadernos así desde que había sido lo bastante mayor para sostener, en lugar de intentar comerse, las ceras de colores.

De hecho, April descendía de una larga estirpe de mujeres que hacían listas exhaustivas de las cosas que pretendían llevar a cabo, y luego las llevaban a cabo. Su madre decía que venían de una familia de «quieros» y «puedos», y no de «quizás» y «ojalás».

Cuando terminó de dibujar la séptima estrella junto a su montaña, añadió una medalla de las Exploradoras Extraordinarias. La de Rosie llevaba grabados unos prismáticos sobre un par de remos cruzados, todo ello rodeado por una línea discontinua con una X marcando el punto de destino en lo alto. En el reverso irían sus nombres: April, Jo, Mal, Molly y Ripley.

April se apartó de la franja de árboles y sintió el sol en la cara. Al borde del prado, Mal respiró hondo. Y luego se le puso la cara algo verdosa.

—Bueno… —Molly se echó a toser y se tapó la nariz con la manga de la camisa—, ya hemos llegado.

—¡UNICORN CITY! —chilló Ripley, dando botes.

—Guau, ¿es posible que huela aún peor hoy? —se preguntó Mal.

Todavía pastando en la abundancia de campanillas de clavo del prado, la manada de unicornios parecía tener las pilas cargadas. Había algunos masticando, pero muchos trotaban por el campo, en círculos cerrados y luego en bucles más grandes, como *skaters* deslizándose por el borde una piscina vacía: pasaban zumbando en una dirección, daban media vuelta y pasaban zumbando en la otra. Sus colas ondeaban como serpentinas al arrancar, y las campanillas se doblaban ligeramente bajo sus cascos.

—¿Qué es ese ruido? —se preguntó Mal, acercándose.

—¿Qué ruido? —preguntó Molly, y se colocó a su lado.

—Es como un… ¿tintineo? Suena como a un carillón de viento, o algo así. Me gustaría saber de dónde…

—¡El baile de los unicornios! —anunció Ripley cantando y haciendo piruetas.

Jo y April se quedaron plantadas entre los unicornios, contemplando la montaña. Estaba más rosada que antes, como un tutú de bailarina con un toque de polo de cereza, o como chicle salpicado de batido de fresa. Era un color que traía a la mente un montón de cosas que, si pensabas demasiado en ellas, acababan por despertarte el hambre.

April se sacó el cuaderno del bolsillo y un bolígrafo de la mochila. «Rosa», anotó, junto a la montaña, para asegurarse de que su gran aventura estuviese bien documentada.

—¿Documentando? —preguntó Jo, mirando pensativa por encima del hombro de April, lo cual no era muy difícil porque ella era mucho más alta.

—Tiene un *je ne sais quoi*… —suspiró April, mientras tendía el brazo teatralmente hacia la montaña—, ¿verdad?

Una pizca de frío recorrió el aire. Cuando April se descolgó la mochila para coger un jersey, el cuaderno se le cayó al suelo.

—Y además cambia de color cuanto más la miras. Cuanto más la VIRAS.

—Es Rosa coral HTML #F08080 —bromeó Jo. Y luego echó la cabeza atrás tanto como pudo sin que se le saliera del sitio y añadió—: Es imposible ver la cima. Está toda envuelta de nubes.

—Por entre esas rocas de ahí —señaló April—. Por ahí subiremos.

—Estupendo —respondió Jo con una sonrisa.

El plan marchaba a la perfección.

—¡Hasta la cima!

Jo se agachó a coger a Pompitas, que estaba dando brincos con los brazos extendidos.

—Eh, ¿dónde están Mal y Molly? ¿Y dónde está Rip?

19

Mientras April y Jo estaban contemplando la montaña, Ripley y el doctor Destello, que parecía recordarla de su encuentro dos días antes y se acercó a ella en cuanto la vio, estaban teniendo una conexión unicornio, que consistía en algo más o menos así:

—Hola, doctor Destello —lo saludó con voz dulce y cantarina, dando un pasito de puntillas hacia él—. ¿Cómo estás?

El doctor Destello pateó el suelo sin hacer ruido alguno y sacudió la crin morada y oro. Su cuerno plateado relució al sol.

Otro pasito de puntillas.

—¿Me has echado de menos?

El doctor Destello agachó la cabeza, y el pelo del copete le envolvió el cuerno y le cayó sobre la cara. Arrancó una campanilla de clavo del suelo y se puso a masticarla.

—Bueno, yo sí que te he echado de menos —le susurró Ripley.

Cogió la manga del jersey, que llevaba atado a la cintura holgadamente, y se lo enroscó en torno al dedo con timidez—. Un montón.

El unicornio paró de masticar y pareció asentir todavía más. Ripley dio tres pasitos más hacia él, y entonces, con mucho cuidado, apoyó la mano en su morro. El olor no era tan fuerte, en realidad. Ripley había olido peor alguna vez. De hecho, una vez al perro de su madre lo roció una familia entera de mofetas. Eso fue un poco peor.

El doctor Destello agachó la cabeza de nuevo y arrancó otra campanilla, que depositó con torpeza en la palma de la mano de Ripley.

—¡¿Para mí?! —chilló Ripley encantada, y se abrazó al cuello del unicornio—. ¡Gracias!

Mientras tanto, a unos pasos de distancia, Mal y Molly estaban enfrascadas en su propio descubrimiento. Al otro lado de donde pastaban los unicornios, justo al pie de la montaña, donde el suelo dejaba de estar cubierto de hierba y se volvía arenoso, había una pila de rocas rosas y moradas. Había un montón de rocas, en realidad, esparcidas aquí y allá, que se iban haciendo cada vez más grandes —del tamaño de una bola de jugar a bolos hasta el de una persona menuda— a medida que se acercaban a la montaña. Eran de un material que a Mal le parecía cuarzo, como el cristal que Jo se ponía a veces de collar.

Daba la impresión de que tal vez los unicornios habían derribado algunas de las pilas. Había también esparcidos pedazos de madera, madera tan gastada y erosionada que se veía gris y polvorienta.

En una de estas singulares pilas de rocas, asomando boca abajo, había una señal. Una señal antigua, puede que incluso más antigua que el arco que había a la entrada del Campamento de las Leñadoras, construida con una larga pieza de madera con los bordes dentados.

Molly se acercó y giró suavemente la señal para leer la inscripción.

—Hum.

Aquella señal tenía algo que a Molly le parecía que iba más allá de una señal cualquiera. Aunque puede que solo fuese que era una señal antigua. Las señales antiguas tienen un aire importante, porque las cosas que señalan llevan ahí muchísimo tiempo.

—¿Qué crees que significa? —le preguntó Mal.

—No lo sé —respondió Molly encogiéndose de hombros—. Es decir, ¿tú crees que eso es… el nombre?

—¡EO! —las llamó April, marchando adelante, cargada de energía y lista para el ascenso—. ¡Vamos! ¡La montaña nos aguarda!

—La montaña Esta —dijo Molly, como si tal cosa.

—¡Exacto! —April se ajustó la cinta del pelo y se arremangó el jersey rosa con gesto determinado—. La montaña esta. Vamos a escalar *esta* montaña. ¡Hoy! ¡Ahora mismo!

Jo, que había ido a buscar a Ripley, que estaba en el séptimo cielo unicornio, llegó junto al grupo.

—Listas —anunció.

Pompitas soltó un chirrido de aprobación desde lo alto de la cabeza de Molly.

—Molly decía que creemos que esta es la montaña Esta —explicó Mal.

Ripley inclinó la cabeza adelante con cara de no entender y una campanilla algo pocha metida en el bolsillo:

—¿QUÉ?...

Molly les mostró la señal de madera, en la que, en efecto, decía: «Montaña Esta».

—Hummmm —dijo Jo.

—EXCELENTE —respondió April—. La montaña Esta, entonces. ¿Preparadas?

—Preparada.

—¡Preparada!

—Sip.

—Claro.

Y dicho esto, desfilaron en tropa hacia la montaña. Ripley se volvió para despedirse por última vez.

—¡ADIÓS, UNICORNIOS!

—¡Vamos, Rip! —la llamó Jo.

—¡YA VOY!

Ripley saltó por la pila de rocas rosas y moradas, por encima de pedazos de madera gris que bien podrían ser partes de la señal, pero ¿quién tiene tiempo para señales cuando hay montañas que conquistar?

20

Un antiguo filósofo chino, Lao-Tse, dijo una vez que un camino de mil kilómetros comienza con un solo paso. Bueno, no es exactamente lo que dijo, pero más o menos. De hecho, seguro que un montón de gente ha dicho algo parecido a lo largo de los años, porque es verdad.

Mal iba pensando que en realidad tendrían que dar diez mil pasos para llegar a lo alto de la montaña Esta.

April no pensaba ni en pasos ni en millas. Para ella, el objetivo estaba claro: llegar a la cima. El baile de la victoria. Volver y recoger la superincreíble medalla de las Exploradoras Extraordinarias.

El baile de la victoria.

Al otro lado de la señal comenzaba un caminito que no era tanto un camino como una abertura estrecha entre rocas gigantes en forma de bolos, muñecos de nieve y demás siluetas básicas, todas de alguna clase de mineral rosa y morado, por la que solo cabía una única persona.

Jo extendió la mano para palpar las rocas al pasar. Estaban frías, casi como cubitos de hielo, lo que resultaba extraño, porque hacía un día bastante soleado.

Al principio, el camino fue serpenteando a un lado y otro, después se enderezó como una pasarela empinada y por último empezó a subir girando alrededor de la montaña.

Las exploradoras avanzaban en fila india: April, luego Jo, luego Ripley, luego Mal y luego Molly. Jo escudriñaba los alrededores mientras caminaban, una costumbre suya. El ascenso en sí desorientaba un poco: costaba entender en qué dirección iban más allá de, evidentemente, hacia arriba. En un primer momento pensó que estaban en un lado de la montaña, pero después doblaron un recodo, las rocas del camino se retiraron un poco y Jo se dio cuenta de que iban en el que era al parecer el sentido perfectamente opuesto. El sol resplandecía ardiente sobre sus cabezas, en lo alto del cielo.

—Estas rocas son muy raras —consideró Jo en voz alta, mirando al suelo—. En primer lugar, no parece que absorban el calor. En segundo lugar, si alguien hubiese pasado por este camino, algunas estarían rotas, pero no es así.

April miró también a sus pies.

—Parece que esté esculpido en hielo.

Jo asintió.

—Es como si la montaña, la montaña Esta, fuera toda ella una roca compacta. —Sonrió y alargó el brazo para recorrerla con los dedos—. ¡Es una montaña única!... Solo espero que mi equipo de escalada sirva aquí —añadió frotándose la barbilla—. Normalmente, anclo la cuerda entre dos rocas, pero no sé si podremos. Parece todo liso y compacto. No hay una sola grieta.

—Ya encontraremos la manera. —April se detuvo y se volvió para darle a Jo un golpe juguetón en el hombro—. ¡Nosotras siempre encontramos la manera! ¿Te acuerdas de aquella vez en la canoa, con aquel monstruo de tres ojos? ¿Y de cuando nos quedamos encerradas en aquella cueva y tú usaste la sucesión de Fabio para cruzar por aquellos pilares? —April giró sobre sus talones y siguió subiendo el camino—. ¡Esto está hecho!

—No sé… —meditó Jo, recordando aquel momento en el que fue teletransportada a una realidad paralela muy gris y muy extraña durante unos breves pero perturbadores minutos—. La verdad es que sí que parece que tenemos un don para superar todos los obstáculos. Usando, entre otras cosas, la sucesión de FIBONACCI.

—Eso —asintió April, resollando para apretar el paso.

Jo puso los ojos en blanco. De todos modos, pasara lo que pasase, April era su mejor amiga, y las mejores amigas están ahí para apoyar a sus mejores amigas. Esto es así. Como un saludo secreto, que April y Jo tenían también.

Mal se volvió a hablar con Molly.

—Eh, ¿qué crees que diría April si tuviéramos que volvernos pronto para mi ensayo?

—No lo sé —respondió Molly encogiéndose de hombros—. April no es muy de «volverse pronto».

—Ya…, pero podríamos venir otro día.

Jo, April y Ripley se habían detenido en el camino. Tenían delante una abrupta pared rocosa, más alta que una casa. Como una cascada de limonada rosa congelada. El camino ahora era en vertical.

—Buah, ¿y ahora cómo lo vamos a hacer? —preguntó Ripley.

—¡Con la nueva invención de Jo! —exclamó April, empuñando con decisión una escarpia y un largo trozo de cuerda.

—Crucemos los dedos —repuso Jo precavida.

—Qué bien… —refunfuñó Mal—. Cruzando dedos.

21

April, que era la escaladora más fuerte, se ofreció voluntaria para subir en escalada libre la pared escarpada de la roca. Escalada libre significa que no hay ninguna cuerda que te sujete en caso de caída. Así que no caerse es una parte importante de la escalada libre.

—Lo más difícil será llegar arriba y anclar la cuerda de algún modo —explicó Jo, pasando la mano por la roca lisa—. Si ves algo en lo alto, como un árbol, algo sólido, intenta atar la cuerda ahí. Tú puedes.

—No lo nudo —respondió April.

Jo levantó una ceja.

—Nudo, dudo… —explicó April.

—Ya lo he pillado —dijo Jo, y colocó un rollo de su cuerda especial en la mochila de April.

—Espera, ¿y cuándo llegue arriba qué pasa? —preguntó Ripley, pegando la barbilla a la roca para ver el final de la roca.

—Cuando April termine de escalar, colocará un anclaje del que podremos colgar una cuerda por la que subir las demás. —Jo le enseñó un artilugio metálico con agujeritos en los lados y unos engranajes acoplados—. Y luego usará mi nuevo invento: una polea autopropulsada que le ayudará a subirnos por la pared de roca —explicó Jo, moviendo los brazos de una manera que daba a entender que estaba intentando emular el funcionamiento de la polea; solo que en realidad parecía que estuviese ordeñando una vaca invisible.

—Entendido. —April se arrodilló para ajustarse las correas de sus suelas de púas, o crampones.

—Silbaré cuando esté todo controlado.

April se puso de pie, afianzó el equilibrio y luego se volvió hacia el muro rocoso. Levantó el pie izquierdo, divisó un punto de apoyo en una hendidura diminuta de la superficie y se impulsó hasta el primer agarre que logró encontrar.

—¿Estás bien? —le preguntó Jo con calma.

—Sip —respondió April—. ¡Estoy PETRÓLICA!

—Muy bien —dijo Jo—. ¿Algún otro juego de palabras sobre alpinismo?

—No, ya está, de momento.

April aguzó la vista. Divisó el siguiente punto de apoyo y elevó el pie. El ascenso de una pared está hecho de mil puntos de apoyo para manos y pies.

Ir al rocódromo era una las actividades cumpleañeras favoritas de April, sobre todo en el Rocódromo Bonanza de Lillian, justo a las afueras del barrio residencial en el que vivía. A April le encantaba la concentración que hacía falta para ello: para ir de un agarre a otro, arriba y arriba, hasta llegar a la cima, aunque la sensación de hacer cumbre también molaba mucho. La mujer que llevaba el local —que no se llamaba Lillian, sino Dragon— no llevaba nunca ropa de escalada. Y solía dejarle a April una hora extra.

En Bonanza, llevaba arnés.

April apretó los labios. Aquí no había arnés, y tampoco lugar para dudas.

La subida era empinadísima. Puede que más de lo que habría esperado April, en particular teniendo en cuenta que no había casi dónde agarrarse. No encontraba una sola grieta, aunque sí pliegues diminutos, lo justo para apoyar la punta misma de los dedos y las púas delanteras de los crampones. Uno tras otro, fue encontrando esos pequeños agarres que necesitaba para impulsarse arriba.

Mal soltó un silbido.

—Esto es muy pero que muy empinado —dijo.

—Sip —coincidió Molly.

—¡Tú puedes, APRIL! —gritó Ripley.

La roca era resbaladiza. No tenía un tacto áspero, como otras que April había escalado. Era como tocar cristal. Se agarró a otro pequeño pliegue y subió.

«Vale —pensó—. Tú puedes, April. Solo hay quiero y puedo. Solo hay quiero y puedo.»

Con cada impulso y con cada agarre, April repetía su frase:

—Solo hay quiero y...

April notó que su pie perdía el apoyo y se deslizó por la superficie de la roca. Todo su peso recayó en la mano derecha. Antes de que se diese cuenta, se le escapó un agudo «IIIIH» de los labios.

—¡APRIL! —gritó Jo, con un filo de preocupación en la voz.

—No pasa nada —respondió April, recuperando entre temblores el apoyo del pie—. Estoy bien.

«Quiero hacer esto. Y puedo hacerlo.»

April extendió el brazo arriba y con las yemas de los dedos palpó... un saliente.

«Puedo hacerlo. Puedo hacerlo. Puedo hacerlo.»

Con toda su fuerza, se izó a sí misma y se encaramó al borde de la roca.

—¡LO HE CONSEGUIDO!

El aire era cortante. Frío de verdad. Helado. April miró alrededor. La montaña parecía más grande aquí arriba. Más ancha. A través de una ligera bruma, vio más columnas de piedra, fantasmales entre la niebla.

Jo tenía razón: iba a ser difícil anclar la cuerda. Miró al otro lado. Había dos picos altos que parecían firmemente clavados al suelo. No estaban demasiado lejos del borde.

Dragon decía siempre que dos anclajes eran mejor que uno. Así que April ató una cuerda a cada roca y luego las pasó por el artilugio de Jo. Se asomó al borde y llamó a Jo con un silbido. Ella miró hacia arriba y le devolvió el silbido cuando vio aparecer la cuerda.

—Vale, tú primera —le dijo a Ripley—. Molly, ¿por qué no me dejas a Pompitas?

Ripley fue dando saltos hasta la cuerda y le dio un tironcito.

—TELETRANSPÓRTAME, APRIL.

April hizo girar los siete engranajes de la polea autopropulsada de Jo.

¡CLIC! ¡CLIC! ¡TING!

Abajo, la cuerda empezó a retroceder poco a poco hacia la montaña. Jo se inclinó hacia Ripley.

—De hecho, tienes que escalar un poco igualmente…

—¡GUAY!

Y dicho esto, Ripley plantó los pies en la pared de roca y, pasito a pasito, con ayuda del artefacto de Jo, se izó y la izaron hasta llegar junto a April.

22

Habría sido un ascenso agotador de no ser por el invento de Jo, que convertía cualquier cuerda en una especie de cinta transportadora. Jo, que era también una entusiasta de la escalada, subió la última. Solo por si alguien necesitaba ayuda.

—Cómo resbala —dijo cuando estrechó por fin la mano de April en lo alto—. De verdad que no creo que haya visto nunca una montaña como esta.

Ahora, ya todas arriba, tocaba claramente un abrazo grupal. April apretujó ferozmente a sus amigas.

—¡Qué cracks! ¡Somos increíbles!

Ripley, a la que le encantaban los abrazos grupales, se meneaba feliz.

—¡SÍÍÍÍÍÍ!

Mal miró alrededor, con ojos asombrados.

—Esto es como otro mundo —dijo. Parecía un paraje extraterrestre. Como Plutón. Un lugar en el que los terrícolas no osaban dar un paso. El aire era como Aire Light. Aire Zero.

Molly se quedó un momento junto al borde y contempló los ahora diminutos unicornios allá abajo. La niebla hacía difícil verlos. Le recordaron a esas bolitas de anís de colores que a su madre le gustaba comprar en el centro comercial.

Ripley tiró del brazo de Jo.

—¿Por qué hay tanta niebla?

—La niebla aparece cuando el aire frío topa con aire caliente —dijo—. Debemos de haber entrado en una zona más fría. Seguramente porque estamos subiendo bastante arriba.

—Moooooola. —Ripley exhaló y se quedó mirando cómo el halo de su aliento se mezclaba con la niebla.

April enrolló la cuerda y se la echó sobre el hombro por si se encontraban con otro tramo abrupto.

—Vale —dijo, señalando la abertura en la roca por la que continuaba el camino—. ¡Arriba!

Todas se pusieron en marcha salvo Mal.

—Uh… Eh, a ver, solo por saberlo, pero ¿a qué hora creéis que volveremos?

—No lo sé —respondió April, volviéndose a mirarla—. O sea, el plan es llegar a la cima, y no sabemos exactamente cuánto…

A Mal se le fue la vista a un lado.

—¿Crees que volveremos antes de la cena?

Jo se cambió la mochila de brazo.

—¿Por qué?

—Porque he… ¿quedado para tocar el acordeón con la Zodiac? —explicó Mal, con voz insegura—. Antes de cenar.

—Vale, pero nosotras tenemos un plan. —A April se le hizo una arruguita en la cara, como un pequeño pliegue en una hoja de papel nuevecita.

—Sí —respondió Mal, esperanzada—. Lo sé, es solo…

Las miradas de Molly, Ripley y Jo alternaron de una a otra y recayeron finalmente en April.

—Claro —dijo April con pinta de no tenerlo del todo claro—. Cuando terminemos esto.

—Vale.

—¡Ya casi estamos! —exclamó April con entusiasmo, y cambió de marcha para entrar en modo vamos-a-escalar-esta-montaña—. ¡Lo noto!

Y dicho esto, giró sobre sus talones y echó de nuevo a andar.

—No te alejes —le gritó Jo a Ripley, que correteaba a sus espaldas.

Mal no iba correteando, precisamente. Molly se fijó en cómo le colgaban los hombros a su amiga. Como si estuviese de bajón. Como si ni siquiera quisiese estar ahí con ellas.

Molly sintió un pequeño peso en el estómago. La niebla trazaba remolinos en capas cada vez más gruesas, como el helado de un cucurucho de máquina, así que se hacía complicado ver alrededor.

Molly notaba… algo.

¿Algo? Algo… no raro. Sino… algo.

23

Mientras, en el comedor del campamento, Jen estaba bastante satisfecha con la reunión de monitoras. Habían dejado muchas cosas atadas. Habían hecho planes de reparaciones y de diversas tareas de las que se encargaría cada cabaña, y el esquema inicial para la inminente Convención Intergaláctica de Fanáticos del Espacio (que era el nombre que le habían puesto, puede que no el definitivo) empezaba también a cobrar forma.

Ahora solo faltaba pasarle el parte a Rosie.

Genial. Jen hundió una pizca los hombros, como si alguien acabara de ponerle encima un saco de harina, y se encaminó a la cabaña privada de la directora. Se enderezó y recolocó los hombros en posición Jen. Porque Jen sabía (su madre daba clases para aprender a hablar en público) que el ochenta por ciento del éxito en un intercambio como este dependía de la actitud.

—Te llamas Jen —dijo para sí—. Te llamas Jen y eres una monitora responsable y competente.

Se ajustó bien la boina. Junto a la puerta de Rosie había una estatua de un mapache enfadado, enseñando los dientes, que había tallado hacía poco en el tronco de un pino gigantesco.

Jen se volvió hacia él y le enseñó los dientes a la criatura. Luego se puso recta y llamó dos veces a la puerta, con fuerza.

—¡ADELANTE! —gritó Rosie desde dentro—. ¡LA PUERTA ESTÁ ABIERTA!

Jen respiró hondo y pasó al interior.

—¡JANET! —La voz de Rosie tenía la fuerza de un pequeño tren de mercancías.

Estaba sentada a su escritorio, que estaba todo lleno de muescas y arañazos allí donde clavaba el hacha cuando no la usaba. Aunque algunas de esas marcas parecían claramente las marcas de unas garras, y en una de las esquinas parecía que alguien, o algo, se hubiese llevado un trozo de un bocado en algún momento.

Un bocado bastante enorme.

Jen se acercó. Un momento, pensó, ¿eso que había clavado en el tablero era un DIENTE?

Rosie estaba disfrutando de una taza de té de manzanilla, atareada en lo que tenía pinta de ser un gran reloj de madera. Un reloj que tenía al menos cuatro manecillas.

—¿Qué es eso? —preguntó Jen—. Y me llamo Jen, por cierto. Jen.

—Ah, es solo un chisme de nada, para llevar las cosas al día, ya sabes —explicó Rosie. Luego deslizó cuidadosamente un alambre por uno de los muchos ojos de cerradura de la caja y lo hizo girar entre los dedos. Saltó una chispa azul y el alambre desapareció—. Puñetas.

Jen negó con la cabeza. No entender de qué estaba hablando Rosie era ya para ella lo más normal del mundo.

—Ya casi hemos terminado de organizar la próxima tanda de actividades del campamento —anunció con voz templada, firme, segura de sí misma—. Las monitoras tienen muchas ganas... Bueno, yo tengo muchas ganas, ahora que se acerca el eclipse lunar, de explicarles a las exploradoras algunas cosas sobre la bóveda celeste. Va a ser genial.

—Excelente. —Rosie levantó la vista—. Estoy segura de que lo tienes todo controlado, Jinni. Bueno, ¿y en qué andan hoy las exploradoras?

—Ah, es Jen —aclaró Jen asintiendo, eficiente, resuelta—, y las exploradoras tienen una lista de cosas por hacer. Estoy segura de que...

Jen se detuvo, con una sensación no muy distinta de la que tienes cuando empiezas a resbalar sobre una placa de hielo. No, seguramente no estaban haciendo ninguna de esas cosas. ¿O sí? Seguramente estaban haciendo algo que no debían.

—Eh, hum. Ahora iba a ver qué hacían —barboteó.

—Ah, son unas exploradoras muy listas —dijo Rosie, volviendo a su extraño artilugio relojesco, que ahora brillaba con un resplandor verde—. ¿Qué insignia consiguieron el otro día? Ah, sí. —Rosie levantó la vista de nuevo—. ¡Piensa en verde!

Jen tamborileó en la carpeta, ansiosa de pronto por ver en qué andaban sus listísimas exploradoras.

—Sí. Encontraron..., eh..., campanillas de clavo y unicornios —añadió.

Rosie dejó sobre la mesa el segundo alambre que había desenrollado de una de las bobinas que tenía sobre la mesa. Levantó una ceja.

—¿Unicornios?

—Eh... —Jen hizo un gesto despreocupado con la mano—. O sea, sí, cuando las encontré estaban con los unicornios estos, al lado de una... montaña enorme, creo... En fin, tendría que ir tirando.

Rosie se recolocó las gafas. Unicornios y campanillas de clavo... Un «hummmm» algo preocupado se le escapó de los labios. Unicornios y campanillas de clavo. ¿Qué hacían allí esos unicornios y las campanillas de clavo? ¿Y una montaña? Ahí pasaba algo. Seguramente algo digno de cierto grado de preocupación.

Se levantó de la silla, cogió el hacha, clavada en el tablero del escritorio, y las bridas de alce que colgaban de su gancho en la pared.

—Jen, creo que tendríamos que ir a buscar a tus exploradoras.

—Bueno, es J... Ah. Vale. ¿En serio? —Jen abrió los ojos como platos—. ¿Por qué? ¿Pasa algo?

—Nada. Seguro —respondió Rosie, echándose la brida al hombro—. Pero vamos a echar un vistazo para asegurarnos.

24

El camino que subía a la montaña siguió torciendo a izquierda y derecha, cada vez más y más empinado, como si se alejara de ellas a cada paso. Mientras, la niebla se iba haciendo más y más espesa. Ripley se concentró en mantener la cabeza de Jo en su rango de visión. La niebla remolineaba en torno a ellas y teñía el aire de tal modo que todo era de un color blanquecino y borroso.

Molly se fijó en el parche con un símbolo femenino morado que Mal llevaba cosido a la espalda de la chaqueta.

—Esto parece peligroso —dijo Mal, posiblemente para sí—. O sea, ya sé que lo digo cada dos por tres, pero es que no me veo ni las manos.

Ripley se llevó una mano a la cara.

—Yo sí que me la veo —le respondió alzando la voz—. Pero la tengo, en plan, PEGADA a la cara.

—Vamos a perder al resto —gruñó Mal, esforzándose por seguir el ritmo.

Molly miró al suelo. Ya no veía ni sus propias zapatillas, tan solo sus rodillas y el remolino de movimiento que generaba cada uno de sus pasos.

—¡APRIL! —la llamó Molly—. ¡Mal tiene razón, tenemos que FRENAR!

Pompitas chirrió nervioso, enroscó más fuerte la cola alrededor de la cabeza de Molly y se agarró a sus orejas con las patitas. Jo alcanzó a April y le dio un toquecito en el hombro.

—April, esta niebla es una locura.

April frunció el ceño. No era ninguna locura, ¡solo era espesa! ¡La niebla era espesa! ¡Cuando había niebla, se nublaba!

April giró sobre sus talones y entrecerró los ojos para distinguir a Jo cuando se acercó.

—¡Vale! —aceptó—. Despejaremos la niebla y así podremos ver.

Jo negó con la cabeza.

—Creo que a lo mejor tendríamos que dar media vuelta —insistió.

—¿Media vuelta?

La mera idea empezó a parpadear como una luz de emergencia en su cabeza. ¿MEDIA VUELTA? ¿Dar media vuelta era lo mismo que PARAR? Sí que lo era. PARAR ahora sería como echarle kétchup a un pastel. Sería como… ¡ANTIEXTRAORDINARIO!

Eso era, exactamente, pensó April. ¡No podemos dar media

vuelta! ¡Somos exploradoras extraordinarias! Pues claro que había gente en el mundo que daba media vuelta cuando las cosas comenzaban a parecer imposibles, pero April no era una de esas personas. Rosie seguramente NUNCA daría media vuelta por que hubiese NIEBLA.

—Podemos volver mañana —le ofreció Jo—. A lo mejor solo necesitamos que haga mejor tiempo.

April lanzó los brazos arriba.

—Pero ¡ya casi estamos!

Jo dejó de caminar.

—April.

Ella negó con la cabeza.

—Solo necesitamos…

April se detuvo. Jo calló. Ripley paró en seco.

April notó algo. Como si hubiese tocado algo viscoso con el pie. O blando. O como si en lugar de estar en una montaña estuviera pisando barro, o gelatina, o gelatina fangosa.

El pie. Se le estaba hundiendo. Resbalando hacia atrás. Jo abrió los ojos con asombro.

—Buah —exclamó—, ¿has notado eso?

April se envolvió la mano en la cuerda que llevaba al hombro.

—Creo que sí —dijo llena de cautela.

El pie se le hundió un poco más.

—¿Qué está pasando? —lloriqueó Ripley, despegando un pie de aquello y luego el otro.

—Eh, chicas —las llamó Mal—. ¿Estáis ahí? ¿Qué pasa? Parece como si…

Se oyó algo. ¿Como un zumbido? Una ráfaga, como el sonido que hace la nieve con el viento.

—¿Habéis oído eso? —preguntó Mal.

—¿El qué? —dijo Molly, y dio un paso hacia delante y, con suerte, hacia fuera de esa cosa extraña en la que se estaba hundiendo.

—Fffuusssh —dijo Mal.

—¿Fffuusssh? —preguntó Molly.

Mal ladeó la cabeza.

—Como el sonido que hace la…

—¡CHICAS! —gritó April.

April agarró a Jo que agarró a Ripley que agarró a Mal que agarró a…

—¡CORRED!

25

April subió la pendiente a trompicones. Jo agarró a Ripley por la espalda de la camisa y echó a correr con ella cogida como una maleta humana. Daba la impresión de que corrían en un sueño: los brazos y las piernas se movían, pero no iban a ninguna parte. Era imposible saber si avanzaban, porque no se veía más que niebla. Y ni siquiera era niebla ya, sino tan solo un mar de un blanco denso que llenaba el aire.

—¿QUÉ ESTÁ PASANDO? —bramó Ripley con voz temblorosa mientras Jo se abría paso con ella cogida.

El suelo. Era como la arena de una duna cuando intentas subir corriendo, pensó Jo. Parecía que se deslizaba bajo sus pies.

—¡La cuerda! —le gritó a April.

April cogió la cuerda que llevaba al hombro y le lanzó un cabo a Jo. Esta hizo unos lazos y se la lanzó a Mal y a Molly.

—¡AGARRAOS!

Mal trastabillaba intentando hacer pie, y Molly trastabillaba detrás de ella. Mal divisó la cuerda y se lanzó a cogerla, con el brazo extendido para agarrar el lazo mientras este giraba en el aire. Aunque tampoco es que viera nada. La cuerda aterrizó en la palma de su mano justo cuando alargó los dedos. Cerró la mano y la asió con fuerza.

—¡La tengo!

Mientras los pies de Molly seguían hundiéndose en lo que era antes roca, y ahora claramente algo distinto, notó que algo se le enroscaba en el tobillo. Algo serpenteante.

—¡ARGH!

—¿QUÉ PASA? —gritó Mal, enrollándose la cuerda en la muñeca para que no se le escapase.

—¡La pierna! —Molly se agachó para sacudirse a manotazos lo que fuera que le estaba subiendo ahora por la pantorrilla—. ¡Tengo algo en la pierna!

—¿QUÉ TIENES?

—¡NO LO SÉ!

April ató el artilugio de Jo al otro extremo de la cuerda con las manos temblando. Menos mal que tenía la insignia de My Fair Lazo. Si lanzaba la cuerda hacia arriba, tal vez se enganchara a algo. A lo mejor así podían… April oía los gritos de Mal y de Molly, y también a Jo y a Ripley resollando tras ella.

A April le vino el recuerdo de la primera vez que había intentado tejer, que era algo que tenía anotado en una lista muy antigua, y al saltarse un punto la manga que tenía entre manos había cogido y… se había deshecho entera. Ese era el peligro de tejer, que un jersey podía convertirse en una maraña de lana en cuestión de segundos. No se explicaba que tanta gente lo considerara una actividad «relajante».

Lo cual no quiere decir que April no terminara aquel jersey, conste.

El soplo frío de la aventura escapó por completo del cuerpo de April, y la cabeza le ardió de miedo. ¿Y si pasaba algo? ¿En qué lío había metido a sus amigas?

Frunció el ceño determinada. «No voy a dejar que les pase nada a mis amigas —pensó—. Para nada, no mientras pueda evitarlo. NI DE COÑA.»

Apretó los dientes y tiró bien arriba el extremo suelto de cuerda, con el artilugio de Jo en el cabo. Hizo girar la cuerda en dos amplios arcos, la lanzó con todo el impulso que pudo y… La cuerda le rozaba entre los dedos mientras volaba. ¿Hacia lo alto?

¿Y?

¡CLAC!

La cuerda dio con algo y entonces… se tensó.

«Vale —pensó April—, Jo y Ripley están atadas, igual que Mal y…

—¡MOLLY!

Mal había dejado de correr. Se había dado la vuelta con la cuerda enrollada con fuerza en torno a la muñeca y la mano libre extendida hacia Molly.

—Cógete a mi mano —gritó. Apenas distinguía la cara de Molly entre la niebla. Hubo un momento en el que notó los dedos de Molly tocando los suyos, una vez, y otra después cuando Molly trató de agarrarse a su mano—. ¡MOLLY!

—¿Qué está pasando? —gritó Jo hacia abajo. No veía nada.

—No llego —respondió Molly sin aliento.

No podía correr porque daba la impresión de que no había dónde, sus pies trazaban círculos en el aire. Extendió el brazo una vez más, alcanzó las puntas de los dedos de Mal. Y justo en el momento en que sus dedos resbalaban, algo se deslizó por la pantorrilla de Molly y luego por su costado hasta llegar a la palma de su mano.

—¡MOLLY!

26

Es por aquí. —La voz de Jen botaba y oscilaba al gritar contra el viento. Jen iba montada detrás de Rosie en el alce favorito de esta, Jeremy. Con una mano se sujetaba la boina y con la otra se cogía a la cintura de Rosie, aferrándose con todas sus fuerzas a la camisa de franela de la directora.

—¡A la izquierda!

El alce Jeremy era una montura espléndida, el orgullo del establo de Rosie, con unos cuernos tan grandes como remos de canoa. Pero ni siquiera un alce así es lo ideal para dos. En particular cuando hay que cruzar un bosque al galope.

—Viste esta montaña ¿CUÁNDO? —gritó Rosie hacia atrás.

—Antes de ayer —respondió Jen, después de pensarlo—. ¿Pasa algo con una montaña especial que yo no sepa? —Y luego refunfuñó para sus adentros—: Como si no hubiera un millón de cosas místicas por aquí de las que nadie me cuenta nada, no.

—¿Cómo dices? —dijo Rosie, su voz alta y firme entre el silbido del viento.

—Digo que qué pasa con esa montaña.

Jeremy resopló; no le gustaba demasiado que la gente fuese soltando gritos a su espalda.

—Hay una historia —dijo Rosie, y tiró de las riendas para que Jeremy parase, justo antes de meterse en el campo de unicornios—. Es una vieja historia, así que no sé si la recuerdo tal y como es. Pero trata de una montaña al lado de un campo de unicornios.

—¿Cómo es la historia? —preguntó Jen. Bajó del lomo de Jeremy y se internó en el prado de campanillas de clavo.

—Como decía —respondió Rosie, frotando la niebla de sus gafas—, no la recuerdo bien.

—¿No recuerdas bien ESTA historia? De todas las que hay, ¿ESTA justamente es la que no te viene a la cabeza?

—Bueno, hay un montón de historias Leñadoras —le recordó Rosie, ajustándose de nuevo las gafas—. Me acuerdo de la mayoría.

A Jen se le llenaron los ojos de frustración.

Rosie echó un vistazo alrededor.

—Espera un segundo.

Se oyó un crujido a lo lejos. La manada de unicornios se agitó.

—Ostras, qué olor tan fuerte —dijo Jen tosiendo y tapándose la nariz.

Rosie olfateó el aire y arrugó la nariz. Sí que lo era.

—Huele como la roña entre los dedos de un antiguo marino monolusky —señaló.

—Sea lo que sea eso… —musitó Jen.

Los unicornios se estaban acercando y rodeándolas para ver quién era aquel alce. Los alces no perciben el olor de los unicornios, así que Jeremy no tenía ningún problema al respecto. Resopló agradecido y mostró su increíble cornamenta con la cabeza bien erguida.

Uno de los unicornios relinchó como para preguntarle qué estaba haciendo ahí. Jeremy resopló para responderle que no tenía ni la más remota idea. En ese momento, Rosie notó que algo se agarraba a su pie. Se agachó y observó con atención aquellas hebras de color verde que le subían por la bota.

—Ah, hola, lapita.

—¿Qué es eso? —preguntó Jen, acercándose—. ¿Es hiedra venenosa? ¿Enredadera errante?

—Noo. —Rosie sostuvo en alto aquel zarcillo verde para que Jen pudiese verlo—. Esto es una cosa muy pegajosa y a veces muy útil que se llama trepadora lapa.

27

La trepadora lapa crece allí donde florezca cualquier clase de campanilla, y también allí donde pueda encontrar bayas o baklava. Le encantan la atención y la hierba alta, y no es en modo alguno venenosa ni comestible. Si ves trepadora lapa, no tiene por qué ser malo, aunque sí algo molesto si no te apetece tenerla por ahí rondando o si no quieres ensuciarte los zapatos.

La trepadora lapa puede resultar muy útil, porque además de aferrarse a ti (y a tus zapatos, camisa y todo lo demás), también puede extenderse para alcanzar otras cosas, lo que la convierte en un recurso valiosísimo en situaciones estresantes como una caída o un derrumbamiento.

Cuando a Molly le resbaló la mano, la trepadora lapa que se le había enroscado en el tobillo, la pierna y la cintura creció. Se enredó en su brazo derecho y cruzó la palma de su mano, alzó el vuelo en la yema del dedo y aterrizó en la palma de la mano de Mal.

Una vez allí, reptó hasta la muñeca, donde se enroscó una y otra vez para tender un puente entre Mal y Molly.

Justo en ese instante, la cuerda que sostenía a Jo, a April, a Ripley, a Mal y a Molly recibió lo que podría definirse como un tremendo tirón.

—¡¡¡AAAAAAHHHHHHHH!!! —gritaron las Leñadoras al unísono, porque ya me diréis qué otra cosa se puede hacer en un momento como ese.

Mal se preguntó si sería esto lo que sentían los yoyós, y decidió no volver a jugar con uno nunca en su vida.

Lo que fuese que tirara de la cuerda pasó ahora a balancearla. Sí, daba la sensación de que algo o alguien enorme estaba meciendo la cuerda. De modo que ahora, en lugar de zambullirse por una misteriosa niebla blanca, las exploradoras de la Roanoke se estaban columpiando en ella.

«Como un péndulo», pensó Jo.

Y entonces, de pronto, empezaron a alzarse, cada vez más y más alto…

—¡¡¡¡¡AAAAHHHHHHHH!!!!! —gritaron todas, porque las circunstancias parecían indicar todavía la necesidad de gritar.

Aquello no era muy distinto de estar subidas a un columpio y columpiarse lo más alto que podía columpiarse una persona. Solo que las Leñadoras estaban colgadas de una cuerda llena de Leñadoras, y no tenían ni idea de por qué se estaban columpiando, o de por qué de pronto se quedaron… flotando… en el aire.

—PERO ¡¿QUÉ ESTÁ PASANDO?! —vociferó Mal, que ahora sujetaba con fuerza la mano de Molly.

—¡AGUANTAD! —gritó April.

Según dicta la gravedad, una no puede estar mucho rato flotando en el aire. A veces, en ciertas situaciones mágicas, puede que la gravedad se equivoque un poquito, pero esta vez pareció acertar, y al cabo de un momento las Leñadoras empezaron a caer.

Y rápido.

Lo bueno de las caídas, eso sí, es que no duran eternamente.

TERCERA PARTE

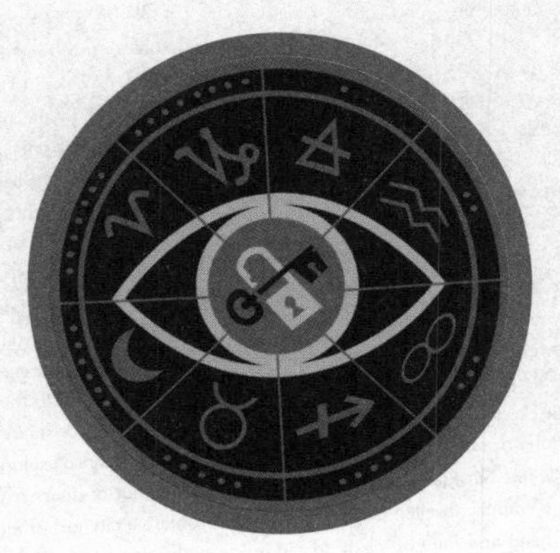

SEÑAL RECIBIDA

«Si no hay ninguna señal, mala señal.»

El mundo es un lugar complicado. Saber el camino que quieres tomar y el camino que llevas es clave en el éxito de cualquier aventura. Las Leñadoras saben que las señales naturales y hechas por el hombre están ahí para ayudarnos a llegar a nuestro destino de una pieza y para garantizar la seguridad de aquellos que nos rodean. Para conseguir la insignia de Señal recibida, las Leñadoras deben dominar la criptoseñalética, la semiótica, el simbolismo y los significantes. También deben conocer los fundamentos de señalización de carreteras, caminos forestales, lagos, desiertos y montañas, así como el repertorio completo de señales manuales y luminosas. ¿Conoces todas estas señales? ¿Conoces, por ejemplo, la primera señal de...?

28

Las Leñadoras de la cabaña Roanoke cayeron del cielo y fueron a aterrizar en lo que quiera que había debajo en el siguiente orden: April se estrelló en el suelo y rebotó encima de Jo, que llevaba a Ripley en brazos; las tres se estrellaron contra el suelo, rebotaron de nuevo y aterrizaron al fin. En ese momento llegaron Mal y Molly hechas una maraña de cuerda y trepadoras y cayeron sobre Ripley, Jo y April.

—¡UUF!

—¡UUUF!

—¡UUUFF!

—¡UUUUFFF!

—¡AU!

La pila de rosa, cuadros, verde, caqui y naranja emitió un gemido colectivo.

—¿Todas vivas? —preguntó Molly desde el amasijo de Leñadoras.

Mal respiró hondo.

—Viva —suspiró.

—Sip —respondió Jo, estirando las piernas para salir de aquel montículo—. Vivísima.

—¡VIVA! —gritó Ripley saludando toda enredada en cuerda.

Pompitas brincó al cuello de Jo y la rodeó con sus bracitos peludos.

—¡Chirp!

La cabeza de April asomó de la pila de Leñadoras. Alzó las manos al cielo y, con el alivio de mil Aprils, exclamó:

—¡FUERZA LEÑADORA!

—¡Gracias a Gerlinde Kaltenbrunner! —se alegró Jo, y sacudió la cabeza mientras se desenmarañaba con cuidado de entre los brazos y piernas de sus amigas.

—Pero QUÉ LOCURA —dijo Ripley sin aliento, todavía retorciéndose en un embrollo de cuerdas.

—Desde luego, ha sido una auténtica paranoia —gruñó Mal, poniéndose de pie.

Molly echó un vistazo alrededor, a sus compañeras Leñadoras, aliviada.

—Está bien recordar cuánto mola no acabar despachurrada como un bicho.

April giró sobre sí misma, poniéndose en situación.

—¡Eh, chicas! Esto es la cima, ¿no? ¡HEMOS LLEGADO A LA CIMA!

—Tenemos que mejorar bastante nuestra formación de aterrizaje forzoso —dijo Jo, mientras se hacía crujir la espalda—. O mejor no.

—Ponlo en la lista —refunfuñó Mal, probando sus pies para ver si todavía le funcionaban.

April agarró a Jo del cuello de la camisa y la sacudió con alegría.

—¡HEMOS LLEGADO A LA CIMA DE LA MONTAÑA!

No exactamente del modo planeado. Pero ¡qué más daba!

—Ah, sí. —Jo soltó una risita ante aquella oleada de entusiasmo desbocado de April—. ¡UUUH!

—Sí, lo conseguimos. —Molly se levantó del suelo—. ¿Y dónde estamos?

—¡En la cima del mundo! ¡Santa Amelia Earhart! —April puso una pose victoriosa—. ¡LO CONSEGUIMOS!

Es muy rara esa sensación de estar en el cielo en lugar de tener el cielo encima. De que estás literalmente en la cima del mundo, apretando la nariz contra el techo. April cogió aire. ¿Sería la montaña más alta que había escalado nunca? ¡Sí! Soplaba un viento cortante. Una débil neblina, mucho menos espesa que la que habían atravesado en el ascenso, dejaba una bruma titilante, centelleante en el aire.

El resto de Leñadoras se tomaron un momento para mirar a su alrededor.

Curiosamente, aquella no se parecía a la mayoría de las cumbres que habían visto. Para empezar, en lugar de roca rosa, ahora el suelo que pisaban era como esponjoso, e irregular, como una alfombra hecha con un millar de bolas de nieve, o como esos trabajos de clase de plástica en los que haces nieve pegando bolas de algodón en una hoja de papel. Ante sus ojos se extendían pequeños cerros mullidos y tenues picos de algodón de azúcar.

—¿Una ayudita? —Ripley sacó la mano que tenía libre de una bola inmensa de cuerda.

Mientras April desenredaba a Ripley por la que sería seguramente la dosmillonésima vez (porque Ripley tenía un don para acabar enredada en cualquier material que se pareciera a un cordel), Mal y Molly asimilaban su propio y reciente descubrimiento.

—He pasado miedo de verdad —murmuró Mal—. Ha sido

como una escena chunga sacada de una peli de acción y aventuras o algo así.

—Del todo —le respondió Molly también susurrando—. Creo que no me gustaría ser una estrella de cine de acción.

—Ni de coña.

—¿Qué ha pasado?

Molly les mostró la mano. Aún tenía finas hebras de hilitos verdes pegadas a los dedos.

—Mirad. —Molly dio una vuelta y se sacó la camisa por fuera. Los había en los pantalones, en la camisa: fibras de seda verde—: Están por todas partes.

Mal giró la mano y los hilitos cazaron el viento y se alejaron flotando de sus dedos como la pelusa de un diente de león.

—Por todas las Beatrix Potter. ¿Qué es esto? ¿Es una… planta?

Molly cogió una hebra entre el índice y el pulgar; la hebra se retorció y se adhirió al dorso del dedo.

—Trepadora lapa, tal vez.

La mayor parte se había partido en la caída, o había salido flotando por el aire, pero Mal y Molly seguían unidas por una o dos frágiles hebras.

—Deben de haberse agarrado a mí cuando te caías —susurró Mal.

—Sí. Guau —respondió Molly con expresión de asombro.

Mal envolvió a Molly en un abrazo de oso.

—Nunca más me pondrá los pelos de punta una planta. Gracias, trepadora.

—Ni a mí, aunque tampoco es que me los pusiera antes —añadió Molly con una sonrisa, cogiendo a Mal de las manos.

Mal hizo una mueca.

—Un momento. ¿Qué es esto? —Molly estaba mirando las muñecas de Mal. La que tenía sujeta la trepadora lapa parecía bien, pero la que llevaba la cuerda enroscada se estaba poniendo de un morado claro—. ¡Oh, no! ¡Mal!

29

Mal dobló la muñeca y puso cara de dolor.

—¿Me habré hecho un esguince?

Molly dio un bote.

—¡Mal está herida! ¡LLAMAD A UNA AMBULACIA! ¡NECESITAMOS TIRITAS RÁPIDO!

Todas las Leñadoras se detuvieron y miraron a Mal.

—¿QUÉ?

—¡OH, NO!

—¡MAL!

—¡EN FORMACIÓN DE MEDIA LUNA! —gritó April.

Las Leñadoras envolvieron a Mal en una piña de Leñadoras preocupadas.

—¿Qué ha pasado? —preguntó April, de rodillas delante de Mal, con los ojos cargados de inquietud.

—Creo que me lo he hecho al enroscarme la cuerda en la

muñeca cuando estábamos cayendo e intentando no morir —explicó Mal—. Es solo una suposición.

—Buena suposición —repuso Jo, en voz baja, agachada para examinar la muñeca de Mal—. ¿Quién tiene la insignia de Primorosos auxilios?

—Barney —recordó April, y deseó con todas sus fuerzas tenerla ella también.

Ripley levantó la mano. ¡DING!

—Yo sé cómo tratar la varicela, porque una vez la tuvimos toda la familia, hasta mi gato.

Mal miró preocupada su muñeca palpitante.

—Gracias, Rip.

—Pero, en plan, todas mis hermanas y hermanos. ¡Todos a la vez!

Mal esbozó una débil sonrisa.

—¿Quieres un abrazo? —le ofreció Ripley—. Esa es justamente la única cosa que no hay que hacer cuando tienes varicela, pero no creo que lo tuyo sea eso.

Mal asintió con una sonrisa y Ripley la estrechó en un dulce abrazo. Pompitas se acurrucó en el regazo de Mal y levantó las patitas para abrazarla al estilo mapache.

—Gracias, Pompitas.

—Bueno, yo no sé de vendajes, pero sí que me he torcido alguna vez la muñeca. Tenemos que encontrar un enfermero o algo —dijo Jo.

Molly le puso la mano en la espalda a Mal.

—Tenemos que volver ya al campamento, volando.

—Sí. —April se levantó—. Sí. Sí. —Dio un par de palmadas—. Vale. Sí. Vamos para abajo fijo. ¡Bueno! ¡A ver!

April puso los brazos en jarras, que es la postura que adoptan a menudo las exploradoras cuando están a punto de resolverlo todo. De hecho, poner los brazos en jarras es una manera muy efectiva de parecer y de sentirse alguien competente y cualificada. April grabó en su cara una expresión decidida.

El plan seguía en pie. Puede que no a la perfección, pero habían conseguido escalar esa montaña raruna. Ahora solo tenían que bajarla. Todo iba a salir bien. Lo único que tenía que hacer April era buscar la manera de… bajar. Vale. Eso no lo había planeado exactamente. Pero bueno. No pasaba nada de nada.

En algún punto de este sitio blanco y mullido había un camino de bajada… A ver.

April se dio la vuelta. Este sitio blanco y mullido estaba en lo alto de una montaña, ¿no? Así que…

April se alejó una corta distancia del corrillo de Leñadoras, esperando encontrar… ¿qué? ¿El borde? ¿Una señal que indicara dónde estaba el camino para bajar la montaña? ¿El perfil dentado de unas rocas rosas asomando por entre las nubes? Una de esas cosas tenía que estar allí cerca en alguna parte, pensó.

Pero aquella blancura vaporosa no hacía más que desplegarse. Y desplegarse, y desplegarse. Era como el primer instante sin nieve justo después de una gran ventisca, como cuando salías al patio trasero y era todo blanco. El tobogán, el columpio, cualquier cosa que te hubieses olvidado de guardar en el garaje, todo cubierto de un manto blanco.

Infinito, que es lo mismo que decir que no tiene fin.

Jo vio cómo April giraba a la izquierda. Avanzaba unos cuantos metros. Giraba a la derecha. Avanzaba unos cuantos más. Luego se quedó parada.

—Oh —dijo.

Jo se acercó a ella:

—¿Oh?

—Vale… —April se interrumpió y recorrió otros cuantos metros—. Todo irá bien, no pasa nada, pero… es solo que… no encuentro el camino de bajada.

—Eh, oh, hola, chicas —dijo una voz a sus espaldas—. ¡Bienvenidas a Cúmulon!

30

La voz pertenecía a una criatura esbelta, de piernas largas y brazos largos, con la piel grisácea y una melena blanca y ondulante, y una barba también blanca y muy larga que le caía suavemente y enmarcaba una cara regordeta, sonriente, nacarada, redonda como la cara de un doguillo si estuviese hecha de luna llena.

Al lado de la espigada criatura había otra, algo más baja, con el mismo pelo y la misma cara y un gorrito de punto gris en la cabeza. Ambas llevaban unas túnicas largas ceñidas a la cintura y no muy distintas de la clase de albornoz que podrías encontrar en un hotel de lujo o en el baño de alguien capaz de apreciar un buen albornoz.

De hecho, era exactamente igual.

Las criaturas sonrieron a las exploradoras con unas enormes sonrisas blancas como perlas.

—Ey, colegas —dijo la primera criatura, en una especie de voz

ronca y adormilada, como una ola larga y lenta—. Yo me llamo Chas, eh, y este es el amigo Flop.

Flop asomó la mano por entre los pliegues de la túnica y las saludó con gesto lánguido. Su voz era todavía más ronca. Y más pausada.

—Ey… ¿Qué nube, colegas?

—¿Qué pasa? —dijo Chas con una sonrisa—. Nosotros somos núbeos y, eh…, como os decía esto es Cúmulon, así que, en fin. ¡Mucha nube!

Chas y Flop se deslizaron por aquel remolino de blancura. Unas botitas blancas con punteras abullonadas asomaron por debajo de las túnicas.

—Eh, esto... Nube para ti también —saludó April, acercándose a toda prisa—. Yo me llamo April, y estas son Jo, Mal, Molly, y esta persona que te está abrazando ahora mismo es Ripley. Somos Leñadoras.

—Eh... —dijo Ripley, estrechando ya con fuerza la túnica mullida de Flop—, este abrigo es muy blandito.

—Sííí..., graaaaacias —asintió Flop, y le dio unas palmaditas en la cabeza a Ripley—. Me encanta el azul de tu pelo. Es cielo despejado a tope.

—¡Me lo hizo April! —Ripley señaló orgullosa a April.

—Así que esta montaña se llama Cúmulon —dijo Jo, mirando alrededor—. Pensábamos que se llamaba montaña Esta.

—Oh, eh..., ¿montaña? Eh..., no. —Flop sacó la otra mano y empezó a peinarse las ondas de su barba con unos dedos largos y grisáceos—. Todo este sitio se llama Cúmulon. Es, como, un país sobre la tierra, ¿entiendes? Es bastante grande, de hecho, a lo mejor tendríamos que darle más de un nombre, pero... Ya sabes, el tema está en el aire.

—Sííí. Tío... —lo secundó Chas con una risita—. Lo hemos dejado a tope de flotando.

Jo miró alrededor; los engranajes de su cabeza empezaron a girar.

—Pues... —continuó Chas—. Hemos alucinado bastante con la caída esta vuestra. Estábamos aquí arriba, en plan, ya sabes, pasando el rato, tomando el té rollo chachi y os oímos gritando, en plan craca-bum-crash, y nos hemos quedado: «UALA, pero ¿qué borrascas está pasando?». ¿Sabes?

—Sí… —asintió Flop—. Así que, o sea, hemos parado y nos hemos puesto, en plan, «Colega, esto no pinta nada chachi».

—Y entonces la cuerda ha aparecido ahí, en plan, como un relámpago —explicó Chas con la voz cargada de asombro.

—Y Flop empieza, en plan, «Tío, tendríamos que tirar de la cuerda porque, o sea, a lo mejor está atada a todo el craca-bum-crash ese, ¿no?». Así que nos ponemos a tirar y, UALA, aparecéis todas ahí volando por los aires como un rayo y luego volvéis a bajar. ¡Y aquí estáis! Un chubasco lo de la ropa.

Flop señaló los fragmentos deshilachados de cuerda que había en el suelo.

—Sí —dijo Jo, mirando abajo—. Una pena, esto…, un chubasco.

—¿Os hemos chubascado el té? —preguntó Ripley, con inquietud, porque esa sería una primera impresión bastante mala.

Flop hizo un gesto despreocupado.

—Noo, colegas. Tenemos mucho té. Todo chachi.

—Vale —asintió April—. Pues es superchachi estar aquí, pero nuestra amiga está herida. Y tenemos que volvernos ahora mismo. Así que, ¿podríais decirnos cuál es la mejor manera de bajar la montaña?

Chas y Flop se llevaron las manos a la coronilla, luego se volvieron y juntaron sus frentes con un pequeño tintineo y se giraron de nuevo hacia las exploradoras.

—Eh, pues... qué chubasco. O sea, la verdad es que no —respondió Flop.

Mientras hablaban, la bruma en torno a los núbeos se fue aposentando y dejó a la vista una superficie aún mayor de cielo azul y claro que se extendía como una bóveda a su alrededor.

Jo lo estudió todo.

—Cúmulon —repitió para sí—. Estamos en las nubes. ¿Esto que tenemos debajo son nubes?

Flop asintió, escondiendo las manos en su túnica.

—Espera. ¡¿Y no podemos bajar?! —gritó April.

Flop negó con la cabeza.

—Sí, o sea, colegas, a ver, si quisierais bajar... Buff, es como un nubarrón decir esto, pero... la verdad es que no tendríais que haber subido.

—¿Qué significa eso? —Molly estrechó con más fuerza el hombro de Mal.

—Bueno —señaló Chas—, había una señal, ¿no? En tierra.

—Montaña Esta —respondió April.

—Un poco brumoso —admitió Flop.

31

Jen no tardó mucho en encontrar la señal que las chicas habían leído antes, colocada sobre su pila de rocas rosas y moradas como de refresco.

Rosie estaba lejos, rodeando el campo a lomos de Jeremy, buscando a las chicas, mientras Jen investigaba sobre el terreno. Ni rastro de ellas. Y entonces. La señal.

—Montaña Esta —leyó en voz alta, con gesto de extrañeza—. ¿La montaña esta qué?

Pocas cosas le daban más rabia que una frase a trozos. Una frase a trozos no es una frase. Como mucho, te indica algo de lo que podría decir esta si tuviera algún que otro verbo.

Jen miró a su alrededor. Los verbos, a veces, había que buscarlos. Cuando divisó el resto de fragmentos de madera que había esparcidos entre las rocas, se acercó y comenzó a voltear las piezas. En algunas no decía nada, y otras eran tan antiguas que apenas se podían considerar madera ya, y se desintegraban en las manos como una galleta reblandecida. Pero muchas llevaban alguna palabra inscrita: favor, porque, no, escalar.

—Por fin —musitó Jen—. ¡Un verbo!

Cuando hubo recogido todas las palabras que había podido encontrar, Jen se arrodilló en la hierba con los brazos llenos de pedazos de madera —verbos, sustantivos y conjunciones— y los desplegó ante ella formando un amplio arco.

—Muy bien, Jen —se dijo, al tiempo que se recogía su largo pelo negro en un moño—. Aquí hay una frase como es debido. Solo tienes que encontrarla.

Los juegos de palabras no eran lo suyo, realmente. Los juegos de palabras se les daban bien a Jo y a April. Por desgracia, Jo y April estaban dondequiera que hubiesen decidido largarse en lugar de hacer lo que se les había PEDIDO, que era una lista de tareas que había que llevar a cabo en la cabaña y en el resto del campamento, pero...

Jen se mordió el labio. Se le hizo un nudo en el estómago. SABÍA que algo iba mal, lo sabía. Su sexto sentido de monitora, bien afinado, rara vez se equivocaba. Puede que nunca. O puede que la cabaña Roanoke anduviese siempre metida en algo, de modo que su alarma monitora estaba siempre saltando.

Y eso era muy estresante.

Rosie se acercó galopando con Jeremy.

—Aquí no están —le dijo.

Jen miró la frase que había logrado desentrañar.

Una señal.

De advertencia.

Rosie saltó de lomos de Jeremy.

—No hay más que unicornios malolientes hasta allá donde alcanza la vista. —Se colocó bien las gafas—. Pero sí que he encontrado esto.

Rosie le tendió un cuadernito de tapa dura. Tenía una mancha de hierba en una esquina y la inscripción «Propiedad de April» hecha con marcador negro en la cubierta.

—Está claro que han pasado por aquí —dijo Rosie—. Me lo encontré abierto por esta página.

Rosie abrió con cuidado el cuaderno por la última entrada, el dibujo que había hecho April de la montaña.

—Tiene pinta de que volvieron por algo más que los unicornios —dijo Rosie, cerrando el cuaderno y metiéndoselo en la bolsa.

—Parece propio de ellas. —Jen se mordió de nuevo el labio.

—¿Tú has encontrado algo?

Jen asintió.

—Mira.

—«Eh —leyó Rosie—, colegas, por favor, no escalar la montaña esta. Más que nada porque no es una montaña y supone un peligro estratosférico.»

Jen se levantó. De nuevo, el mundo estaba lleno de cosas que le gustaría entender, pensó, o al menos que alguien le advirtiera sobre ellas a tiempo.

—La montaña —dijo, señalando por encima del hombro de Rosie—. Ha...

—Ha ¿qué? —Rosie levantó la vista.

—¡Desaparecido!

32

Vale, recapitulemos —dijo April, clavando el índice en la palma de la mano—. Solo. Vale. A ver. ¿Nos estáis diciendo que la montaña Esta, esta montaña que acabamos de escalar, ahora mismo, o sea AHORA MISMO, no existe?

—Uff, menudo nubarrón. —Chas parecía estar buscando las palabras en su cabeza—. A ver, no existe, en plan, *en estos momentos*.

—Pero estamos JUSTO encima —repitió April muy seria, para asegurarse de que se explicaba con claridad, y representó el ascenso con mímica para los núbeos, por si no terminaban de entenderla—. Estábamos subiendo —añadió, con gestos— cada vez con más esfuerzo. —Aquí April levantó las piernas para indicar un arduo ascenso.

—Y de repente estábamos todas como «¡AAHHHHHHH!» —remató Ripley tirándose al suelo para que el relato estuviese completo—. Y nuestra amiga se hizo daño en la muñeca.

—Tope claro. Claro y meridiano. Solo que ahora la montaña no está. A lo mejor luego vuelve, eso sí —dijo Flop pensativo. El gorrito se le estaba empezando a resbalar de la cabeza.

—¿Qué? Pero ¡eso es de locos! —April alzó las manos al cielo—. ¡Eso es de TRONADOS, tío!

—Eso es demasiado impensable para ser cierto —dijo Jo.

Aunque no tan impensable, pensó Molly, si tenían en cuenta la cantidad de cosas impensables que les sucedían continuamente.

Mal se dejó caer al suelo, con las piernas cruzadas, y trató de no pensar en nada por un segundo, porque sentía el cerebro a punto de estallar y las piernas de gelatina.

—Ya, bueno, es un poco brumoso de entender, ¿no? —Chas ladeó la cabeza y se acarició la barba—. No es que no esté, es solo que hay muchos momentos en los que no está.

—La mayor parte del tiempo está y luego ya no... —Flop hablaba con voz vacilante, o al menos muy pausada—. Está ahí, pero luego hace buen tiempo y...

—¿Y se va? ¿Desaparece sin más? —Jo miró a April. Daba la sensación de que le iba a explotar la cabeza.

—Una parte... A veces toda —respondió Flop, y se dio un golpecito en el gorro—. Brumoso, ¿verdad? Por eso le decimos a la gente que no suba. Porque puede desaparecer en cualquier momento, así que, en fin, menudo chubasco si subes la montaña cuando la montaña no está, porque entonces...

—Fuuussssh —farfulló Mal desde el suelo.

Flop miró a un lado y otro.

—Eh... Fush no está aquí ahora, pero fijo que viene luego a tomar el té.

Chas miró a Flop:

—Eh —dijo el primero—, ¿sabes con quién tendrían que hablar?

—Ah, claro... —respondió el segundo, peinándose la barba distraído—, fijo.

Y dicho esto, Chas y Flop se alejaron flotando, con el cinturón de la túnica arrastrando por entre la fina bruma tras de sí. Cuando desaparecieron en las nubes, dejaron allí un silencio más denso que un batido de fresa triple extra espeso.

Molly se sentó al lado de Mal y le cogió con mucho cuidado la muñeca.

—Eh —la saludó en un susurro.

Mal se miró la muñeca. Jo miró a April. Ripley miró a Mal y a Molly.

—¡Esto es DELIRANTE! —exclamó April, lanzando a Mal una mirada suplicante—. Tiene que haber una manera de bajar.

—Necesitamos una manera segura de bajar, porque ya se ha hecho daño alguien —repuso Molly, con gesto preocupado.

De pronto, lo más difícil que había tenido que afrontar April jamás era estar ahí plantada mirando a sus amigas, que parecían todas algo asustadas y algo enfadadas con ella.

—¿Cómo iba a saber yo que la montaña no era una montaña

y que, si subíamos, luego no podríamos ir ni para arriba ni para abajo? —dijo con la cabeza gacha.

Mal se miró la muñeca. Hacerse daño era un rollo. Se levantó con cuidado y miró a April con dureza.

—Pues claro que estamos en una montaña que no es una montaña. ¡A nosotras nos pasan siempre estas cosas! ¡Porque estamos siempre HACIENDO estas cosas! Y ahora nos hemos quedado aquí atrapadas. A lo mejor para siempre.

Ripley abrió los ojos como platos.

—¿En serio?

—Bueno, calma —objetó Jo, y abrazó a Ripley.

—Esto no formaba parte del plan —gritó April—. O sea, si lo hubiese sabido, evidentemente…

April no sabía qué más decir. Las palabras se le hicieron una bola en la garganta.

Mal tampoco sabía qué más decir. Todo lo que se le ocurría sonaba bastante mezquino en su cabeza, sobre todo porque tenía la sensación de que esta se le estaba partiendo en dos. Así que se alejó.

—¡Mal! —La cara de April se contrajo en una mueca.

Pero Mal se marchó, cogiéndose la muñeca y tratando de contener las lágrimas que le corrían ya por las mejillas, así que poco importaba. Molly corrió tras ella.

Jo se volvió hacia April, que parecía también a punto de deshacerse en un charquito de lágrimas aprilianas.

—Se nos ocurrirá algo —dijo Jo, muy seria.

Mientras, Ripley se sacó del bolsillo una campanilla de clavo y se acordó de aquellos tiempos en los que solo se tenían que preocupar de unicornios malolientes.

Entonces, surgió de la bruma otra figura, no tan esbelta y sin túnica:

—¿Eso es una campanilla de clavo? ¿No me digáis que habéis estado por ahí rondando con esos apestosos unicornios?

33

Jen y Rosie estaban frente al punto en el que un momento antes se había alzado la montaña, y que ahora no era más que un claro al otro lado del prado de unicornios y campanillas. Parecía una caja de arena vacía, una franja de desierto con alguna que otra roca aquí y allá. Una fina bruma, como unos cuantos flus flus de laca para el pelo, flotaba en el aire.

Aquí antes había una montaña. Parecía imposible. Ahora solo estaban Jen y Rosie. Y un espacio vacío e inexplicable. Y Jen se estaba poniendo histérica, lo que implicaba un movimiento de brazos desatado.

—Yo estuve aquí antes de ayer —exclamó Jen—. ¡Te digo que estuve aquí y había una montaña ahí mismo!

—Sí —la creyó Rosie, que se agachó y colocó la mano en el suelo, templado al tacto—. Hummm…

—Y, si me permites, VER UNA MONTAÑA ENTERA no es

algo con lo que una vaya y se confunda —siguió Jen, caminando en círculos cada vez mayores—. Ya sé que hay muchas cosas con las que nos podemos confundir, pero ¡es que aquí estamos hablando de MATERIA!

—Bueno —Rosie levantó la mano del suelo y se miró la palma, en la que brillaba una finísima capa de polvo rosado—, sí y no. En realidad aquí de lo que hablamos es de una montaña. Ahora mismo, la clave es cómo subir a una montaña que no está.

—¿Has recordado ya esa historia que habías olvidado? —le preguntó Jen, exasperada.

—Sí. —Rosie miró alrededor y olfateó el aire para ver si olía dulce o acre, pero olía más que nada a unicornio desvaído—. Es una historia que tuvo lugar hace muchos, muchos años, antes de una de tantas guerras, cuando una exploradora, una exploradora tremendamente decidida, se esfumó. La última vez que se la había visto se dirigía a un prado de campanillas de clavo y unicornios. —Rosie se colocó bien las gafas—. Fue mucho antes de que llegase yo. Mucho antes de que llegara nadie que esté ahora en el consejo.

Jen se llevó las manos a las mejillas con sendas bofetadas.

—¿SE ESFUMÓ?

—Fue a escalar una montaña y nunca volvió. —Rosie se puso de pie y miró hasta donde le alcanzaba la vista. No se veía más que un espacio vacío. Vacío y más vacío y más vacío… y nubes—. ¡PUF!

—¿¡PUF!? —Jen levantó los brazos al cielo.

—No digo que explotase —aclaró Rosie, todavía mirando

arriba, porque había otra historia de una exploradora que hizo puf una vez, pero fue una explosión sin importancia y nadie salió malparado—. Solo digo que de adondequiera que subió no volvió a bajar.

Jen, que no conocía la historia de la estudiante que explotó o algo así pero en la que todo acababa bien, se estaba apretujando la cabeza con tanta fuerza que parecía que le fuese a reventar en cualquier momento.

—¡¿¡¿PUF?!?!

Rosie le puso la mano en el hombro:

—Respira, Jen. Las rescataremos. Solo tenemos que averiguar cómo. Las Leñadoras nunca pasan de sus compañeras Leñadoras, ni de una montaña, ni de unas alpinistas.

—Me llamo J… —Jen ladeó la cabeza, sorprendida por el sonido de su nombre correcto—. Ah. Okey. Vale. Bueno. Esperemos.

—Las rescataremos.

Rosie se rascó la cabeza, que estaba repleta de pensamientos; la mayoría sobre cómo escalar una montaña que antes estaba ahí pero que ya no.

34

¿Quiénes sois vosotras y qué estáis haciendo aquí?

La mujer que tenían delante April, Jo y Ripley aparentaba unos ochenta años, aunque es difícil ver la diferencia entre una mujer de ochenta años y una de sesenta o setenta. Era alta y musculosa, algo encorvada. Parecía alguien lista para batirse con cualquier criatura dispuesta y capaz de usar los puños, en cualquier momento. Se la veía con ganas de empezar. En lugar de túnica, llevaba una falda larga y verde y una descolorida blusa amarilla.

Su piel no era tanto blanca como curtida y arrugada, como una manzana que alguien hubiese comido a medias y hubiese olvidado después en el alféizar de una ventana. Tenía el pelo blanco y larguísimo, eso sí, que le caía con suavidad por debajo de las rodillas, y una barba también larga, ondulante y fina como la de los núbeos, y la llevaba enrollada al cuello como si fuera una gruesa bufanda de lana.

La mujer dio un pesado paso al frente y se inclinó sobre Ripley con gesto amenazante:

—Los núbeos dicen que sois Leñadoras.

—¡Sí! —exclamó Ripley radiante, y acercó su cara a la de la anciana hasta que apenas habría pasado entre ellas una cola de gato—. ¡Somos las exploradoras de la cabaña Roanoke, que es la mejor cabaña del mundo!

—Mpf —musitó la mujer, y miró ahora a April de arriba abajo como un sargento pasando revista—. Si sois LEÑADORAS, ¿por qué no lleváis uniforme? No me digáis que os dejan llevar PANTALONES. —Miró a Jo—: Esos ni siquiera son unos caquis reglamentarios.

Jo bajó la vista a sus pantalones, que eran sus favoritos porque tenían un montón de bolsillos enormes y hasta un par de bolsillos secretos que eran de lo más prácticos.

—Nosotras no llevamos uniforme. Las Leñadoras pueden ponerse lo que quieran.

—¡Hasta un tutú! —apuntó Ripley—. O un mono de buceo. ¡O un disfraz de osa! ¡O una nariz de payaso! ¡O una peluca con purpurina y alas! ¡AH! ¡O TAMBIÉN…!

—¿Y eso qué es? —La mujer señaló con un dedo huesudo a Pompitas, que estaba enroscado en el cuello de Jo mientras Molly consolaba a Mal.

—¡Es nuestro mapache, Pompitas! —respondió Ripley—. Técnicamente es como de Molly, pero ahora lo tiene cogido Jo porque hemos tenido una caída y…

—¿No lleváis uniforme y vais por ahí con alimañas a cuestas? —gruñó la anciana, cortando a Ripley—. En mis tiempos, las Leñadoras no tenían mascotas, tenían prioridades.

—Nosotras tenemos las dos cosas —replicó Jo, y le dio a Pompitas una palmadita tranquilizadora en la cabeza.

Pompitas respondió con un «¡Chirp!» que podría traducirse

como: «¿¡Quién es esta cascarrabias y qué problema tiene con los mapaches!?».

De pronto, a April se le salieron los ojos de las cuencas. Señaló vacilante a aquella señora que les estaba leyendo la cartilla por la ropa que llevaban.

—PERO ¡¿QUÉ AGATHA CHRISTIES?! ¡USTED es leñadora!

—Mpf, pues claro que soy leñadora —dijo la mujer, indicándole su uniforme, que estaba descolorido pero era el amarillo y verde de las Leñadoras—. Dos puntos por tus dotes de observación.

—Un momento —April puso los brazos en jarra—, ¿me está dando puntos?

—Los puntos lo son todo para una leñadora —resopló la señora—. Yo tenía 4.234 en el último recuento. Y cuarenta y cinco insignias. Y un broche de plata y bronce con la doble hacha. Y la medalla Cazaestrellas a la corredora más rápida.

Por un instante, April se preguntó cuántos puntos tendría ella. Y se preguntó también si debía informar a esta mujer del número de insignias que tenía ELLA. Pero alejó ese pensamiento de su cabeza.

—Disculpe —Jo se adelantó—. No nos hemos presentado (aunque tampoco es que lo haya pedido). Yo me llamo Jo. Esta es April, y la persona que la está abrazando es Ripley. Allí están nuestras amigas Mal y Molly.

—Muy bien, muy bien —espetó la mujer. Y mirando abajo añadió—. Sin demostraciones innecesarias de afecto.

Ripley dio un paso atrás.

—Perdón. La costumbre.

—¿Y usted es...? —preguntó Jo.

La mujer saltó ágilmente sobre un pequeño montículo de nube y agitó el índice hacia el cielo mientras exclamaba:

—¡YO SOY LA GRAN LADY DANA DEVEROE ANASTASIA MISTYTOE Y SOY LA LEÑADORA QUE OSTENTA EL MAYOR NÚMERO DE RÉCORDS DE LA HISTORIA!

Lady Dana mantuvo la mano majestuosamente en alto mientras hacía una pausa teatral.

—Tiene un récord —susurró Jo para sí—. Menuda sorpresa.

—¿Un récord? —soltó lady Dana con una carcajada—. ¡JA! Tengo LOS RÉCORDS. ¡Todos! ¡La nadadora más rápida, el trayecto a nado más largo, la monociclista más rápida, la escaladora más rápida y la cumbre más alta de toda la historia leñadora!

Bajó de un brinco y corrió unas cuantas vueltas alrededor de April, Jo y Ripley.

—Yo fui la primera en escalar esta montaña, y hasta que habéis llegado vosotras, exploradoras, la única.

—Esta señora me está mareando —dijo Ripley.

—UUUOOOO. ¡Espere! Usted subió hasta aquí —dijo April sin aliento—. ¿Y SIGUE AQUÍ?

Lady Dana dejó de dar botes y de agitar el dedo por los aires.

—MPF. No sabéis ni la mitad —refunfuñó.

35

Mal se estaba poniendo histérica. Era vergonzoso y frustrante ser la única de la cabaña que se ponía histérica. Otra vez. La única a la que le ponía histérica estar en una nube de aspecto extraterrestre con gente de cara blanco perla y sin forma de volver a casa.

O al menos era la única que parecía histérica.

Y herida.

Así que se retiró un momento a una nube a mirar el cielo y a intentar no venirse abajo.

Molly se acercó a ella por detrás y esperó a que su respiración dejara de estar tan desbocada. A veces, cuando se ponía nerviosa, Mal hiperventilaba un poco. Pero mirar el cielo parecía ser de ayuda.

Le llevó unos cuantos minutos. Después, Mal respiró hondo y soltó el aire.

FFFFFFFFFFFFFFF.

—Eh… —La voz de Molly era suave y cauta—. Siento lo de la muñeca, Mal. Te prometo que encontraremos una solución. Tiene que haber alguna manera de bajar. —Hizo una pausa—. Y cuando se cure podrás ir a ensayar con el acordeón.

Mal se volvió hacia ella, con las mejillas encendidas.

—Me da igual el acordeón. No es por eso… No es…

—No pasa nada —la interrumpió Molly, nerviosa de repente—. Lo pillo. La Zodiac mola mucho.

—¿Qué? —Mal se acercó a ella y la cogió de la mano con su mano buena—. ¡Para mí *vosotras* sois las más molonas!

Molly puso los ojos en blanco y un tinte rosado llenó sus mejillas por lo general pálidas.

—Yo no molo.

—Sí que molas —replicó Mal, pasándose los dedos por los zonas de la cabeza que llevaba rapadas—. Yo sí que no molo. O sea, en todo lo que hacemos como Leñadoras, yo siempre soy la única que se pone histérica o que tiene miedo. Siempre soy la única que no está en plan: «Yuju, vamos a tirarnos en canoa por una cascada».

—¿Te crees que yo no he pasado miedo cuando casi me caigo? —le dijo Molly con voz entrecortada—. ¡Me moría de miedo!

—Bueno, vale. —Mal pegó su frente a la frente de Molly—. Me alegro de que no te hayas ido para abajo. Y me alegro de que estés aquí aunque yo me ponga histérica.

De pronto aparecieron un par de brazos extra abrazándolas. Era Ripley, que las estrechaba con fuerza.

—April está hablando con una señora barbuda y gruñona que antes era leñadora —les informó con voz de reportera—. Se ve que la señora es la GRAN lady Dana Desvelo Alaska Misterio… o algo así. No le gustan los abrazos y tiene un montón de récords y rollos así.

—Enseguida vamos —le respondió Molly haciéndole un gesto cariñoso en la cabeza.

—Podríamos ir todas andando como patos en formación de abrazo —propuso Ripley, porque le pareció una idea bastante genial.

—Vale —respondió Mal—, pero mira cómo tengo el brazo.

Y así volvieron las tres abrazadas y arrastrando los pies por la nube hacia el punto en el que lady Dana Deveroe Anastasia Mistytoe no había hecho más que empezar.

36

Jo y April contemplaban a lady Dana caminar de aquí para allá, de aquí para allá, rebotando en una pared invisible, gesticulando como si estuviese en mitad de una reunión importante y tratando de exponer su argumento clave.

A Lady Dana parecía que le habían puesto una pila nueva. O puede que incluso dos. Iba con la mano en alto mientras seguía recitando su ristra de logros:

—Atravesé corriendo los campos de trigo de alabastro y el desierto egipcios. Crucé tres veces a nado el lago de la Ruina Ruinosa en menos tiempo del que la mayor parte de señoras tardaban en ponerse el maillot de baño. Nadaba tan rápido que no se me veía. Era un BORRÓN.

—Ruina Ruinosa —musitó Mal con un escalofrío mientras se acercaba con Molly y Ripley.

—Maillot de baño… —repitió Molly pensativa.

—No había carrera que no ganara yo. Hice el tiempo más rápido en los 100, los 200 y los 2.000 metros —prosiguió lady Dana, y saltó de un pie a otro, simulando correr—. Las Leñadoras decían: «Lady Dana Deveroe Anastasia Mistytoe es la exploradora más rápida del mundo».

—Guau —suspiró April.

—¡Y tenían RAZÓN! —Lady Dana estrelló el puño contra la palma de la otra mano. ¡BUM!

—A mí me gusta picar algo después de correr —dijo April.

—Lo de ser la mejor me viene de familia. Mi tía, la espléndida madame Deborah Darcy Abalonious Mistytoe, en paz descanse, solía inventar cosas NUEVAS en las que ser la mejor porque siempre se le terminaban.

Lady Dana desenrolló su larga barba del cuello y se la echó sobre el hombro igual que hacían los pilotos de combate de antaño con sus pañuelos de seda cuando subían a bordo de sus biplanos.

Ripley se preguntó si sería de mala educación preguntarle a alguien a quien no le gustan los abrazos cuánto tiempo había tardado en dejarse crecer esa barba. Si ella tuviese barba, pensó, se la teñiría de colores distintos, como la cola de un unicornio.

—Los núbeos parecen majos —comentó Jo, que tenía curiosidad por cambiar a otro tema que no fuese el de correr muy rápido.

—Son unos borregos —farfulló lady Dana con fastidio—. No les gusta correr porque dicen que se les arruga la túnica.

—Echó el brazo atrás para señalar la masa de nubes y añadió, agitada—: Además, como aquí las cosas no paran de cambiar, nadie se molesta en llevar el control de nada. ¡Así que nada de récords! ¡Ni de los tiempos más rápidos! ¡Ni de puntos! Aquí nada más toman el té y hablan del tiempo. —Volvió a enrollarse la barba en el cuello—. Ya os iréis acostumbrando a eso. Ahora estáis atrapadas aquí, como yo.

April levantó los brazos, exasperada.

—Pero ¿cómo no va a haber ninguna manera de bajar? Cuando la montaña APAREZCA, nos vamos y LISTO.

Lady Dana negó con la cabeza.

—¿Te crees que no lo he intentado? No hay NINGÚN camino. A no ser que tengas alguna clase de artilugio volador mágico, estáis atrapadas.

—Artilugio volador... ¿Se refiere a un avión? —le sugirió Molly, preguntándose si lady Dana sería tan vieja que no sabría lo que era un avión.

La anciana o no la oyó o la ignoró de mal talante.

Mal se preguntó cómo podía ser que alguien tan viejo como para no saber lo que era un avión pudiese andar de acá para allá con semejante energía.

Ripley se rascó la barbilla.

Jo se preguntó cuánto tiempo le llevaría armar un avión. Seguramente bastante.

Y mientras, April miraba a sus amigas y se preguntaba dónde

puñetas las había metido su estúpida idea esta vez. Tal vez en un lugar del que no podrían salir JAMÁS.

—Mpf —murmuró lady Dana, rascándose la barba—. Es la hora del té, otra vez. VAMOS. Así a lo mejor veis cómo serán el resto de vuestras vidas.

37

Las Leñadoras siguieron a lady Dana por y por entre una serie de pendientes nubosas de rosa, de gris y de blanco y con diversos grados de esponjosidad, irregularidad y grumosidad.

Mientras seguía a lady D, April reparó en que en algunos puntos daba la impresión de que la nube se estuviese deshaciendo, y dejaba ahí flotando remolinos de sinuosas virutas de nube, como algodón de azúcar en una máquina de algodón de azúcar; todo ello mientras intentaban seguirle el paso a lady Dana, que era muy rápida y no dejó de rezongar en todo el camino.

Al final, cruzaron bajo un arco nuboso y luego entraron en algo parecido a un cráter que se abría en el suelo nuboso, una cráter lleno de núbeos de rostro nacarado.

Los núbeos, ahora que veían a unos cuantos juntos, tenían todos la piel y la barba blancas como perlas, llevaban todos túnica, y muchos también sombrero. Había uno con algo que tenía pinta de bombín, y otro con algo que parecía un sombrero de copa. Uno con una especie de pompón y otro con un gorro que recordaba un poco a una ardilla. Todos los sombreros eran grises. Todos los sombreros parecían demasiado pequeños. Pero todos eran también bastante elegantes.

—¡Ey, colegas! ¡Chachi! —Flop las saludó lánguidamente entre la multitud de núbeos—. ¡Mira, son las Leñadoras!

—Ey, coleguitas —dijo Chas, levantando la taza a modo de brindis.

—Mpf. —Saltaba a la vista que lady Dana no estaba nada chachi.

—¡Ey, chachi vosotros también! —los saludó a su vez Ripley.

—Espero que os guste el té —dijo Flop, al tiempo que aparecía por allí otro núbeo sirviendo tacitas llenas de un agua turbia y burbujeante de una bandeja.

—Claro —respondió Jo, con cautela—. Es muy chachi por vuestra parte invitarnos.

Flop asintió enérgicamente.

—El té es, como…, ¡la cosa más chachi que tenemos en Cúmulon!

Lady D cazó una taza al vuelo y se alejó resoplando hasta un rincón menos concurrido del cráter para dar sorbitos de té y, según parecía, poner mala cara.

—Bueno, ¿y ahora qué hacemos? —les preguntó Jo a los núbeos, mientras cogía una taza de la bandeja.

—¡Colegas! ¡Pues hablar del tiempo, por supuesto! —dijo Chas con voz alegre y cantarina.

—Colega —añadió Flop—, a nosotros nos chifla hablar del tiempo, espero todo chachi por vuestra parte.

Otro núbeo, este con un sombrero vaquero diminuto, apareció con una tacita en las manos.

—Eh. Hoy refresca más que ayer.

—¡Y que lo digas, FUUUUSSH! —respondió Chas—. Y también hace más sol.

—Yaaa veees. —Fush bebió un poco de té—. Y ayer hubo un momento en que oí llover.

—¡Tío! Yo también oí lluvia. ¡Y la semana pasada, truenos!

—Qué interesante —dijo Jo, dando un sorbo a la taza—. ¿Sabíais que cuanto menos tiempo pasa entre que ves el relámpago y oyes el trueno más cerca está la tormenta? O sea, supongo que ya lo debíais de sab…

—¿QUÉ? —A Fush casi se le derrama el té—. Colega, ¿lo dices en serio?

Fush se puso a gritar hacia el cráter lleno de núbeos.

—¡Eh, Bang, Bum, Plas, Plof, Pam! ¡Venid a oír esto!

Pronto, un grupo de núbeos se apiñó entre empujones y pisotones en torno a Jo.

—¡Uala! ¿Dónde has aprendido esas cosas sobre los relámpagos? —le preguntaron.

—Me gusta leer sobre cosas —respondió ella, encogiéndose de

hombros—. ¿Tenéis a alguien que os diga qué tiempo va a hacer? Una especie de hombre… eh… núbeo del tiempo…

Los núbeos se quedaron con la boca abierta.

—¿UN QUÉ?

Bum se trenzaba la barba.

—¿Y qué haría ese núbeo del tiempo?

—Pues, eh…, ya sabes, interpretaría todo el tema atmosférico, como la velocidad del viento y esas cosas, y os diría qué tiempo va a hacer.

Pam parecía a punto de desmayarse.

—Esa es la cosa más relampagueante tronante y chispeante que he oído nunca.

—¡Un núbeo que sabe qué tiempo va hacer! —suspiró Fush asombrado.

El resto de núbeos se arremolinaron en torno al grupo.

—¡Cuéntanos más cosas!

April echó un vistazo hacia lady D, que seguía sorbiendo y rabiando. Se acercó a Jo y le dijo al oído:

—¿Tienes esto controlado? Voy a ver qué tal lady D.

—April, estoy hablándoles de ciencia a un puñado de criaturas extrañas que viven en las nubes —le susurró Jo entre dientes—. Estoy MÁS que bien. ¡Y ya verás cuando les diga que son los relámpagos los que PROVOCAN los truenos!

38

La verdad es que no daba la impresión de que lady D quisiera compañía, pero April se acercó con su té de todas formas. Se sentó a una distancia prudencial, en el margen del cráter nuboso y el té de los núbeos. Lady Dana no alzó la vista. April dio un sorbo de su taza. El té de los núbeos sabía un poco como a aguanieve. Tenía la consistencia granulada de la nieve que April acostumbraba a recoger con sus manoplas, y que llamaba «nubes de árbol» antes de descubrir lo increíbles que eran las nubes de caramelo de verdad.

Nieve de árbol habría sido una descripción más apropiada.

La nieve de manopla también estaba rica.

Lady Dana chuperreteó otro poco de té y luego miró a April con los ojos entornados.

—Supongo que debe de ser una impresión tremenda conocer a la GRAN lady Dana Deveroe Anastasia Mistytoe.

—¡Oh! Hum... —April cruzó los pies con nerviosismo—. Claro...

Otro sorbito de té.

—¿Mis placas siguen colgadas y a la vista? ¿Se siguen elogiando mis récords en todos los encuentros y torneos? ¿Siguen anunciando los nombres de las antiguas vencedoras antes de cada competición?

—Eh... —April bajó la vista a su regazo—. Bueno, hum, no...

Lady Dana dejó su taza con un CLANK.

—Desembucha, exploradora.

April se encogió de hombros.

—A ver, hay muchos sitios distintos en los que las exploradoras cuelgan los récords que han conseguido y esas cosas. En el comedor, por ejemplo, está el récord de Ripley, que fue la que más tortitas comió de una sentada...

Lady Dana le clavó a April una mirada tan fría como un puñado de cubitos de hielo.

—Je, je. Tiene buen saque —añadió April con una sonrisa.

Lady Dana frunció el ceño. Un trueno.

—Es una expresión, eh, hecha... —explicó.

—¿No tenéis el más mínimo conocimiento de mis logros? —se sulfuró lady Dana.

—Lo siento. O sea, yo...

—¡Dime tú si no es una MARAVILLA esto! —gruñó lady Dana, cogiendo de nuevo su taza—. ¡Todo el sistema a la basura! NI PUNTOS, NI RÉCORDS... Entonces ¿qué sois, un puñado de aficionadas correteando por ahí sin preocuparos de quién corre más rápido ni de quién salta más lejos y más alto?

—¡No! A ver, seguimos teniendo insignias, y a veces hacemos competiciones. Es solo que..., todas intentamos hacer grandes cosas y aprender, pero... Nosotras acabamos de conseguir la insignia Piensa en verde y Barney va a ir a por... una, no sé cuál, yo le recomendé alguna insignia de navegación, pero Ripley dice que prefieren probar con la insignia de Ponle la guinda al pastel...

Lady Dana dio un sorbo al té.

—Doy por hecho que a ti te habrán dado la insignia de hablar por los codos.

April bebió un poco. No había ninguna insignia de hablar por los codos, en realidad. Estaba la de la Punta de la lengua, por hablar rápido, pero no la tenía... todavía. Pensó en responder que a ella tendrían que darle la insignia malhumorada y cascarrabias, pero no le pareció... buena idea.

—Seguro que no tienes ni idea de esto —dijo lady Dana mirando al cielo—, porque me parece a mí que no tienes mucha idea de nada, pero antes de la GRAN lady Dana Deveroe Anastasia Mistytoe no había NINGÚN récord de escalada. ¡Yo fui la primera! —Lady Dana hizo una pausa, dio un sorbo de té y añadió, refunfuñando—: Si esto hubiese sido una montaña de verdad, habría conseguido también el récord de picos descubiertos. Si esto FUESE una montaña de verdad...

—Porque no sale en los mapas... —musitó April.

—Exacto. Era una gran oportunidad. Una puerta hacia la grandeza.

—Pero no es una montaña… —April miró a sus amigas entre nubes, todas tomando el té con los núbeos. Molly alargó la mano y tocó el sombrero gris de uno de ellos.

—No —confirmó lady Dana.

April clavó los ojos en su taza. Lady D se volvió hacia ella.

—Supongo que a ti te movía algo parecido.

—Sí, o sea…, subimos porque… A ver, yo no tengo un trillón de récords, pero estoy intentando hacerme con todas las insignias que hay, o al menos con un montón. O sea, supongo que lo de conseguir insignias es como algo que se me da realmente bien, y que me encanta. Y… quería conseguir la medalla, la medalla de las Exploradoras Extraordinarias. Rosie, la directora de nuestro campamento, la tiene.

—Querías ser la mejor —dijo lady Dana.

April puso gesto grave.

—No quería ser la mejor. Solo quería convertirme en la mejor leñadora que pudiera ser, y… —April se derrumbó—. Monté este plan… Y normalmente funcionan, o sea, la mayoría de las veces salen bien. —Se le pusieron las mejillas coloradas—. Pero esta vez no. No hemos explorado nada. Esta montaña ni siquiera existe. Y Mal se ha hecho daño. Y mis amigas están aquí atrapadas para siempre.

—Eso parece.

—¡Eh! —Un núbeo con un gorro de lana casi tan largo como su barba se acercó con una tetera enorme—. ¿Un poco más? Está superchachi.

April negó con la cabeza.

—No, gracias. —Lady Dana escondió la taza en su barba.

—¡Vale pues! —El núbeo se alejó.

April se tapó la cara con las manos.

Lady Dana se sorbió la nariz, se levantó y se marchó adondequiera que vayan las Leñadoras barbudas después de tomar el té. April estaba a punto de estallar. Como si una verdadera tormenta se estuviese fraguando encima de su cabeza. El chispazo de un relámpago destelló en su cerebro. Se levantó con los puños apretados.

—No. No nos vamos a quedar aquí. Voy a encontrar la manera de bajar.

Y dicho esto, April echó a correr, y dejó atrás a Jo, que estaba explicándoles la presión barométrica a los núbeos; a Ripley, que se estaba probando una túnica núbea para ver si le iba bien; a Mal y a Molly, que llevaban puestos unos gorritos núbeos.

Amistad a tope, chicas, hasta cuando todo pinta mal. Amistad a tope.

39

April estaba ya metida hasta las rodillas en la pila de hilachos de cuerda cuando el resto de Leñadoras la encontraron.

—Vale. ¡A VER! ¡ESTE ES EL PLAN! Vamos a atar todo lo que tenemos —dijo, mostrándoles los pedazos de cuerda y hablando muy rápido—. Podemos usar también nuestros jerséis, calcetines, cualquier tela que encontremos, y cuando lo tengamos, me bajáis. Todo lo cerca de tierra que podamos. Y entonces salto. Sin problema. Salto y voy a buscar a alguien que tenga un artilugio volador y…

—Mal plan —la interrumpió Jo negando con la cabeza—. ¡No sabemos lo alto que está! ¡No tenemos ni de lejos suficiente tela o cuerda!

—¡Buen plan! —insistió April—. ¡Podría llegar! —April retorcía las manos, las miraba con ojos grandes y suplicantes—. Venga, merece la pena intentarlo.

Molly se acercó y cogió la cuerda de las manos de April.

—April, no vamos a dejar que te cuelgues de una nube.

—No... —secundó Ripley muy seria, y cruzó los brazos—. Nada de colgarse. Colgarse MAL.

—April —le dijo Mal con voz suave, con la muñeca dolorida contra el pecho—, tú no tienes que arreglar esto.

April dio un paso hacia ella y estrechó la mano buena de Mal entre las suyas.

—Mal, lo siento muchísimo. ¡Siento muchísimo haberos metido en esto y que te hayas hecho daño! No lo pensé. ¡Lo único que tenía en la cabeza era que quería hacer esto! No pensé en...

Mal estrechó también su mano.

—Vamos a pensar un plan ENTRE TODAS. Vamos a buscar una solución, April. Una que no te ponga en peligro a TI.

Ripley se miró la mano, donde guardaba la última y pocha campanilla de clavo que le quedaba.

—Eh —le dijo a April, tendiéndole la florecilla—, toma. Es una campanilla del doctor Destello. Para que se te pase.

April cogió la flor con delicadeza. Se meció con la brisa.

—Gracias, Ripley.

—Eh, ¿llegamos a averiguar por qué se llaman campanillas de clavo? —preguntó Molly—. No se parecen en nada a una campanilla.

—Ah, se llaman así porque hacen un sonidito —explicó Mal, señalándole la oreja—. Escucha.

April contempló cómo la campanilla se balanceaba con la suave brisa. Sí que sonaba. No muy fuerte: de hecho, era uno de los sonidos más finos que había oído nunca. Tan fino como el sonido que haría una mariquita, si las mariquitas hablasen.

Que a lo mejor hablan.

En fin: era desde luego un sonido muy fino pero muy característico.

Cuando a alguien se le ocurre de pronto la solución a un problema decimos que tiene un momento eureka, también llamado momento ajá; que evidentemente es algo muy distinto de un momento ja ja.

Una imagen irrumpió en la cabeza de Mal. Era una imagen de su abuela, la que tocaba la flauta y tenía tres gatitos grises que acostumbraban a jugar en el patio trasero y a robarles la ropa tendida a los vecinos. Al final del día, su abuela salía a la puerta de la cocina, que daba al jardín, y golpeaba una lata de comida de gato con un tenedor hasta que los animalillos llegaban brincando desde el patio.

A Mal le vino entonces el recuerdo de Molly agitando una campanilla de clavo frente al unicornio.

—Eh —dijo, con el rostro iluminado por la genial idea.

Al mismo tiempo, Jo estaba pensando en los unicornios. Recordó el primer día, caminando tras ellos; y recordó también que no dejaban a su paso ninguna huella de cascos (o de pies o pezuñas o lo que fuera). Recordó cómo cruzaban disparados el prado de campanillas.

—Eh —dijo Jo.

Mal miró a April:

—¡OSTRAS, YA LO TENGO! —exclamó.

—Yo también —dijo Jo asintiendo—. Tenemos que hablar con los núbeos.

CUARTA PARTE

TODAS A UNA

«No rompas la cadena.»

Trabajar en equipo es clave para el éxito de cualquier empeño que se propongan las Leñadoras. Pues aunque hay muchas cosas que puede hacer una misma, en equipo se pueden hacer un millón más, entre las que se incluyen el voleibol, el béisbol, el baloncesto, el hockey, el tenis, el críquet y prácticamente cualquier otro deporte que no sea el golf. Y eso sin olvidar tareas básicas como encender un fuego, montar una tienda, una canoa y todo aquello que requiera de una pizca de ingenio.

Cuando trabajan en equipo, las Leñadoras pueden sumar todos sus conocimientos y energías. Por otra parte, a veces es muy útil que una leñadora se suba a hombros de una compañera para ver más allá de un muro elevado o para trepar a un árbol muy alto.

Por descontado, en estos casos, deben seguirse las siguientes precauciones...

40

Cuando las Leñadoras regresaron al cráter, el té estaba todavía en todo su apogeo. Los núbeos seguían charlando del tiempo, puede que incluso más entusiasmados de lo habitual.

—Si esto funcionase, tendríamos todavía MÁS tiempo del que hablar —dijo emocionado Fush.

—¡QUÉ CHACHI! —exclamó Flop.

Bum dio palmas con entusiasmo mientras Chas se trenzaba la barba, que era lo que hacía Chas cuando se emocionaba.

—¡Eh, mirad, por ahí viene Jo! Eo, Jo, ¿otro té?

Jo negó con la cabeza.

—Tenemos una pregunta muy rápida.

—Claro, ¿qué pasa? —dijo Flop.

—¿Habéis visto alguna vez un unicornio? —les preguntó Jo—. Es un caballo con una cola muy larga y un cuerno en la cabeza.

—Jo observó a los núbeos, que parecían devolverle una mirada perpleja—. Ah..., ¿os explico lo que es un caballo?

Chas negó con la cabeza.

—¡Noo! ¡Ya sabemos lo que son! ¡Esa panda de apestosos! Los colegas se pasan el día aquí arriba, corriendo que si a un lado que si al otro por las nubes y tal, en plan, que les mola ir en zigzag a los coleguillas.

—Un momento —April miró a Jo con los ojos como platos—, ¿los unicornios vuelan? ¿Cómo has sabido que los unicornios vuelan?

Jo se volvió hacia April.

—¿Recuerdas cuando acompañamos al unicornio por el bosque y estuvimos mirándolos en el prado? No dejan huellas de cascos —explicó Jo—. Y ahora se me ha ocurrido que, no sé, a lo mejor sabían volar.

—Y esos gases, además —apuntó Molly.

—Los pedos de unicornio deben de ser muy poderosos —añadió Ripley.

—¡Eso es superinteligente, Jo! —April le dio una palmadita en el hombro—. Dos puntos por lista.

—Gracias. Cojo esos dos puntos y te los devuelvo por ese cumplido tan guay.

—Se aceptan. —April se volvió a los núbeos sorbetés—. ¿Hay algún lugar en concreto en el que hayáis visto a los unicornios?

—Esto... —Chas se rascó la cabeza por debajo del gorro de lana—. Sí. Eh. ¿Queréis que os lo enseñemos?

—Sí —respondió Mal contundente—. Eso sería chachi.

Flop, Chas, Bum y Fush dejaron sus tazas y les indicaron con un gesto de sus manos largas y lánguidas que los siguieran. Pasada una serie de bancos de nubes algodonosas, con forma de pingüino, de madalena, de seta, llegaron a una pequeña abertura, un agujero del tamaño de una piscina de jardín escondido entre nubes.

Molly miró a través. Ahí estaba el resto del mundo. Pero muy muy muy muy lejos. Los unicornios ya no eran puntos, eran píxeles borrosos indistinguibles del resto. El viento rozaba silbando el borde del banco de nubes.

—Guau.

—Tío... —soltó Mal con un silbido.

—¡Ya, colega! Por aquí es por donde les gusta asomarse a esos unicornios —explicó Flop—. Pero es, en plan, cuando les da por ahí.

—Aquí todo funciona un poco igual —señaló Mal.

—Vale, pues... —dijo April a Mal y a Jo—. ¿Y ahora qué?

—¡Ahora llamamos a los gatos! —dijo Mal, señalando la campanilla que tenía April en la mano.

—¡Gatos! —Ripley dio un salto—. ¡¿Hay gatos?! ¡GENIAL!

—No —aclaró Mal—, pero hay unicornios.

—¿Y los llamamos haciendo sonar las campanillas? —Molly ladeó la cabeza.

—¿Recuerdas que Molly logró que el unicornio nos siguiera con un ramillete de campanillas? —explicó Mal con una sonrisa—. Pues bien. Se pasan el día comiendo esas flores; deben de reconocer en cualquier parte el sonido que hacen. Así que si las oyen sonar, ¡es posible que suban hasta aquí!

—Brillante —dijo Molly, cogiendo con cuidado la mano buena de Mal.

—Dos puntos por la genialidad —añadió Jo, señalándola.

—¡TENEMOS YA UN MONTÓN DE PUNTOS! —aplaudió Ripley.

April miró la flor, algo más pocha ahora.

—¿Crees que bastará con esta campanilla?

—Creo que estaría bien tener más —reconoció Jo—. Pero es lo que hay.

—¡ESPERA! —soltó Ripley pletórica. Buscó en su mochila y sacó el jersey, que estaba enrollado alrededor de… un montón de… ¡campanillas de clavo!

—¡RIPLEY! —exclamó April—. ¡Es el mejor ramillete que he visto EN MI VIDA!

—Pensaba llevármelo a la cabaña para luego, por si veíamos más unicornios. Pero podemos usarlo ahora.

—Vale. —Jo cogió las flores y las repartió entre todas las exploradoras—. Vamos allá, Leñadoras.

—Y núbeos —señaló Ripley—. ¡Los núbeos pueden echar una mano!

Y así todo el mundo, incluidos Flop, Chas, Bum y Fush, se colocó al borde de la nube con una delicada flor en la mano.

O casi todos.

—¡EH! —Lady Dana apareció con la barba ondeando a su espalda—. ¿Qué estáis haciendo ahora?

—LLAMAR A LOS UNICORNIOS —respondió April—. ¿Se apunta?

—Mpf —espetó lady Dana, y cruzó los brazos sobre el pecho.

—Vale —dijo Jo—. Los demás, ¿listos?

—¡Sí!

—¡SSSSÍ!

—¡Vamos allá!

—¡¡Sí!!

—Venga, colegas.

—A tope.

41

R*osie! ¡MIRA!*

Los unicornios se quedaron inmóviles. Todos a la vez. Como si alguien hubiese apretado el pause de la película unicornia. Pusieron las orejas tiesas. Y escucharon.

—Hummm —murmuró Rosie.

Un unicornio en particular, con la cola morada y oro, levantó la cabeza bien arriba. La sacudió. Relinchó. Como relincharía alguien para decir: «¡YA VOY!».

Y entonces, todos a una, los unicornios se elevaron, como un viento que se levantara y soplara por el prado. Empezaron a corcovear y a piafar. Y luego echaron a correr.

—Esto podría ser una señal —dijo Rosie, cogiendo a Jen de la mano—. Vamos.

—¿Vamos? —Jen dio media vuelta para seguir a Rosie—. ¿Adónde?

Los unicornios comenzaron a correr en círculo, congregándose en una ola que iba ganando impulso y despegando del suelo.

—Creo que va a tener que ser arriba —dijo Rosie, y ambas arrancaron a correr—. ¡Prepárate para montar, Jet!

—¡Me llamo JEN! Y, esto…, hablando del tema, ¿tú has montado alguna vez un unicornio? —preguntó Jen a gritos mientras se acercaban al ciclón de velocísimos unicornios.

—¡NO! —le respondió también gritando Rosie—. ¡Esto va a ser DIVERTIDO!

Los unicornios estaban erigiendo su propio túnel de viento huracanado. Un túnel de viento que olía como un suflé hecho con una esterilla vieja para perros.

Rosie y Jen se zambulleron en el remolino de colas y cuernos.

Tras pensarlo medio segundo, Rosie compartió su impresión con Jen:

—Me da a mí que esto va a ser un poco como montar un ferrantio —gritó, mientras se agarraba a una crin voladora—. Pero sin alas, y esperemos que sin mordiscos.

—¡¿MORDISCOS?!

—¡AGÁRRATE BIEN!

42

Al principio, no había mucho que ver. Solo eran un grupito de Leñadoras y núbeos agitando florecillas junto a un agujero en una nube.

No es que no resultara interesante en sí, solo que no tenía mucha pinta de operación de rescate.

April agitaba las flores con los ojos cerrados. Por favor. Por favor. Por favor.

—¿Esto es lo que os enseñan en las Leñadoras? —resopló malhumorada lady Dana, caminando arriba y abajo a sus espaldas—. ¿A agitar flores? Dos puntos menos por ideas peregrinas.

—¡A las Leñadoras nos encantan las ideas peregrinas! —gritó Molly—. ¡Un millón de puntos por ideas peregrinas!

—¡Toma ya! —dijo Ripley, contenta de que siguiera la racha de puntos.

—Cierto —asintió Jo.

April puso cara de concentración. Tenía que funcionar. Tenía que funcionar.

—Espere y verá —dijo Mal.

—¿Ver QUÉ? —ladró lady Dana.

—A veces tarda un poco en funcionar —explicó Molly con paciencia.

—¡Ya vienen! —anunció Ripley cantarina—. ¡Los huelo! ¡Ya vienen!

—Ecs, sí —dijo Mal, aunque aquello no era ni mucho menos lo peor del mundo. Porque sí, olía que apestaba, como una vaharada de huevos podridos en un lecho de boñiga de ferrantio, pero ¡ya venían!

Una cacofonía de unicornios, todos batiendo sus colas rosas y azules y verdes y rojas, relucientes al sol, y apestando a algo no muy distinto de una marea de bocadillos de atún pasado (si los bocadillos de atún pasado pudiesen volar), emergió de las nubes. Era como un desfile de unicornios, solo que más caótico. En algún punto de aquel colorido bullicio, Rosie y Jen las saludaban eufóricas.

—¡YUUUU-JUUUU! —gritó Rosie—. ¡Ya está aquí la caballería!

—¡CHICAS! —exclamó Jen, agarrada a su unicornio con los dos brazos—. ¡ESTÁIS VIVAS!

—¡JEN! —April no dejaba de brincar.

—¡ROSIE! —chillaron Mal y Molly.

¡HURRAAAA!

—¡UNICOOOOOORNIOOS! —gorjeó Ripley, girando en el aire mientras agitaba sus campanillas—. ¡ESTO ES UN ALUCINE!

Conviene señalar, para cualquiera que tenga planeado MONTAR un unicornio, que no hay ninguna orden que sirva para detenerlo. Además, como hemos dicho antes, a los unicornios no les gusta demasiado seguir un camino recto a ninguna parte, así que hubo que esperar un poco hasta que la manada al completo se posó en la cresta nubosa.

El unicornio en el que iba montada Jen optó por dar unas cuantas vueltas más por entre las nubes antes de dar un chirriante frenazo que levantó una cantidad importante de nube.

Ripley lo reconoció de inmediato:

—¡DOCTOR DESTELLO! —gritó, y acto seguido—: ¡JEN!

Tan pronto estuvo segura de que no iba a dar ninguna vuelta más, Jen se bajó en plan proyectil de su unicornio. De inmediato, April, Ripley, Jo, Mal y Molly se abalanzaron sobre ella.

—¡CHICAS, ESTABA TAN PREOCUPADA!... —consiguió decir Jen, con los ojos como platos, bajo aquella pila de Leñadoras agradecidas—. ¿Estáis bien?

—Hum —dijo Jo—. La verdad es que no.

—¿QUÉ?

Mal le enseñó el brazo.

—Creo que me he hecho un esguince en la muñeca durante nuestro mortífero ascenso.

—¿VUESTRO MORTÍFERO ACENTO?

—Ascenso —aclaró Molly—. Aunque sería guay tener un acento mortífero.

—De hecho, me lo hice en un descenso —especificó Mal, señalando abajo.

Jen se estrujó las mejillas con los ojos llenos de preocupación.

—¡MAL!

Rosie, cuyo unicornio se había puesto a mascar las campanillas que April había tirado al suelo, se inclinó hacia delante y examinó la muñeca de Mal.

—Podría ser un esguince —confirmó—. Tenemos que curártelo. El hielo bajará la hinchazón.

—Deberíamos irnos —dijo Jen, tomando la mano buena de Mal entre las suyas—. A saber cuánto tardan estos unicornios chiflados en llevarnos de nuevo al campamento.

—Un momento. —April echó un vistazo alrededor—. ¿Dónde se ha metido lady Dana Deveroe Anastasia Mistytoe?

43

Jo y April divisaron a la lady en cuestión cuando esta se alejaba de la multitud de unicornios y exploradoras. La barba ondeaba al viento con sus zancadas, entre soplidos y refunfuños.

April corrió hasta su lado y levantó los brazos al cielo.

—¡Eh, nos han rescatado! ¡Podemos volver a casa!

—¡Mpf! —Lady Dana Deveroe Anastasia Mistytoe torció el labio con desdén—. Menudo rescate. Una panda de unicornios bobalicones que apestan a cojín de pedos revenidos. No dejes que el banco de nubes te pegue una patada en el trasero al salir.

—Un momento —la interrumpió Jo, confusa—, ¿sabe lo que es un cojín de pedos pero no sabe lo que es un avión?

Lady Dana no pareció oírla. Redujo un poco el paso. Se detuvo. Y entonces se volvió a April y a Jo con la cara contraída en una mueca de desprecio:

—Cuanto antes os larguéis de Cúmulon, panda de agitadoras, mejor. Así que ¡aire!

April juntó las manos y se las llevó al pecho.

—Pero ¿no quiere venir con nosotras? ¿Volver al campamento?

Lady Dana negó con la cabeza.

—No, gracias. Estoy perfectamente satisfecha.

April miró a Jo. Jo le devolvió la mirada y se encogió de hombros.

—No la podemos dejar aquí —murmuró April.

—Pero no quiere irse —murmuró Jo en respuesta.

—¡Dos puntos menos por grosería! —escupió lady Dana—. Soy vieja, no sorda. He dicho que no quiero irme y lo digo en serio.

April frunció los labios a un lado y a otro.

—No lo entiendo.

—Bueno, tampoco es que seas muy lista, ¿no? —le espetó lady Dana.

—De hecho —le espetó a su vez Jo—, April es muy muy lista.

Lady Dana se mesó la barba.

—Digamos que soy una señora de costumbres fijas.

—Vale —repuso Jo—. Digámoslo: es usted una señora de costumbres fijas.

—Pero sigo siendo la GRAN lady Dana Deveroe Anastasia Mistytoe, y me gusta lo que me gusta. Por lo que contáis, las Leñadoras ya no son lo que eran. Y si no son como eran, prefiero quedarme aquí y tomar el té con estos tontainas de los núbeos. Al menos aquí mis récords siguen vigentes.

—La vida consiste en algo más que en récords —dijo April—. No todo se reduce a logros y montañas.

—Mpf. Bueno, eso es lo que piensas tú —replicó lady Dana.

April miró la campanilla que llevaba en la mano.

—Vale —aceptó—, pero le dejo esto. —Le puso la campanilla marchita en la mano—. Si algún día quiere volver, solo tiene que hacerla sonar, ¿vale?

Lady Dana se quedó mirando la campanilla. Se ciñó la barba aún más en torno al cuello.

—Es poco probable. Pero dos puntos por ayudar a una anciana, supongo. Y ahora venga, largo.

—Me alegro de haber conocido a la GRAN lady Dana Deveroe Anastasia Mistytoe —se despidió April—. La recordaré siempre.

Y dicho esto, lady Dana giró sobre sus talones y se perdió dando zancadas en un cielo cada vez más violeta.

—Eh. —Jo le puso a April la mano en el hombro—. Los unicornios nos esperan.

Los unicornios se estaban impacientando. No quedaban campanillas que comer y era hora de empezar a zigzaguear. Rosie y Ripley se subieron al doctor Destello. Mal y Molly se cogieron fuerte a un unicornio relativamente dócil con una crin larga y ondulante del color de las esmeraldas. Jo y April compartieron un pequeño unicornio regordete con la cola azul cielo y la crin llena de rizos color pastel de arándanos. Jen se agarró al cuello de un unicornio saltarín con la cola plumosa y dorada, y Pompitas se agarró a Jen con igual vigor.

Era hora de irse. El doctor Destello soltó un relincho en plan: «¡VENGA, LISTOS!».

Los núbeos pararon un momento para decirles adiós antes de regresar a su té.

—¡Adiós! ¡Y no volváis! Subir hasta aquí es todo superrayos y supertruenos, y vosotras tenéis que quedaros donde se esté chachi, ¿vale?

—¡Vale! —Ripley agitó el brazo entusiasmada—. ¡Adiós, núbeos!

Rosie asintió a modo de rápido adiós, soltó un silbido estridente y se pusieron en marcha.

Los unicornios se elevaron hasta una distancia vertiginosa sobre la extensión de nube rosada y empezaron a girar allí en lo alto hasta formar una espiral de unicornios. Luego salieron disparados hacia abajo y se zambulleron por el agujero de la nube como un relámpago en dirección a la tierra.

—Te tengo —susurró Molly, apretando fuerte la cintura de Mal entre sus brazos, con el viento latigueando entre su pelo.

Cuando el unicornio zigzagueó, April levantó la vista y escudriñó el horizonte de nubes en busca de lady Dana, pero no se la veía por ninguna parte.

—¡ADIÓS, LADY DANA! —gritó April de todos modos, al tiempo que su unicornio se alejaba volando de aquel mundo nuboso en la cima de la montaña que no era una montaña.

Puede que, estuviera donde estuviese, lady Dana hubiese dicho también adiós.

44

Volar a lomos de un unicornio, a pesar de los zigzags, es una experiencia divina. Altamente recomendable si encuentras un unicornio dispuesto a darte una vuelta.

Tras una salida algo errática y unos cuantos giros tal vez un poco más bruscos de lo necesario, los unicornios se instalaron en un curso fluido, virando a izquierda y derecha, sobrevolando las copas de los árboles, remojando los cascos en el lago mientras se deslizaban sobre el reflejo fragmentado del sol del atardecer sobre la superficie del agua.

Por encima de los alegres relinchos de los unicornios, se oía la risita de placer de Ripley, que hasta consiguió que Rosie sonriera un poco.

Mal estaba de los nervios, pero intentó concentrarse en lo que tenía delante en lugar de mirar al suelo, que pasaba zumbando como si hubiesen puesto el mundo en avance rápido. Molly hacía todo lo que podía para mantener a Mal estable, ya que solo podía cogerse con una mano.

El viento hacía restallar el pelo contra su cara, así que Molly cerró los ojos. ¿Era increíble o no, ir a un campamento en el que estaba incluido, a veces, volar?

Jo estaba maravillada por la aerodinámica relativamente extraña que intervenía en el vuelo del unicornio. Que es de lo que tiendes a maravillarte cuando tus padres gays se pasan casi todo el desayuno hablando del drag, que es la fuerza que se opone al movimiento de un objeto por el aire… y también el tema de su programa de televisión favorito.

April iba pensando en lady Dana, allí arriba, en las nubes, descansando malhumoradamente en sus laureles y bebiendo té con los núbeos.

Por suerte para todo el mundo, los unicornios parecían percibir que llevaban alguna pasajera herida en este segundo trayecto, y se posaron con suavidad en el prado de campanillas de clavo. Hasta esperaron a que las Leñadoras desmontaran antes de reemprender su zigzagueo y su pasteo en aquellos campos que les servían de feliz hogar.

El sol se estaba poniendo. El cielo se tiñó de sombra de ojos morada, rosa y amarilla.

Jeremy, el alce, que se había estado preguntando dónde estaba todo el mundo, esperaba para llevar a Mal y a Rosie de vuelta al campamento.

—¡Nos vemos enseguida! —se despidió Mal a lomos de Jeremy.

—Vamos, Jeremy —lo apremió Rosie, y lo arreó con un ruidito como de tictac. Qué bien montar algo que olía nada más que a alce, pensó, que no es un olor desagradable cuando una se acostumbra.

—Vale —dijo Jen, volviéndose hacia el resto de exploradoras—. NADA de líos. Nos vamos DIRECTAS al campamento.

—¡SÍÍÍ! —exclamó Ripley, y se despidió de los unicornios entre saltos—. ¡ADIÓS, DOCTOR DESTELLO!

—Santa Julia Child, me muero de hambre —dijo Molly, y se abrazó el estómago mientras se ponía en marcha siguiendo a Jen.

—A lo mejor ha sobrado algo de chile —bromeó Jo, con una sonrisa traviesa.

—Ecs. No sé si mi estómago puede con una experiencia al filo de la muerte, un vuelo en unicornio y, ENCIMA, más chile.

—¡SÍÍÍÍ, CHILE! —Ripley lo celebró con una versión propia de zigzag, que Pompitas imitó corriendo tras ella.

April se detuvo, solo un instante. ¿Cómo podía ser que algo como una medalla o una montaña fuese tan importante en un momento dado, tanto que inundaba todo tu cuerpo, y al minuto siguiente desapareciera, no tuviese la más mínima importancia? Vio a sus pies las piezas recompuestas de la señal de madera. La advertencia que se les había pasado por alto. Y al otro lado, nada, ninguna montaña. Solo el horizonte y el sol poniente.

Molly volvió atrás y la cogió del brazo.

—Venga. Seguro que alguien ha encendido una fogata. Volvamos.

Y así Jo, Ripley, April, Molly y Jen se adentraron de nuevo en el bosque. Y los unicornios se quedaron pastando plácidamente a la sombra de una montaña que no estaba ahí.

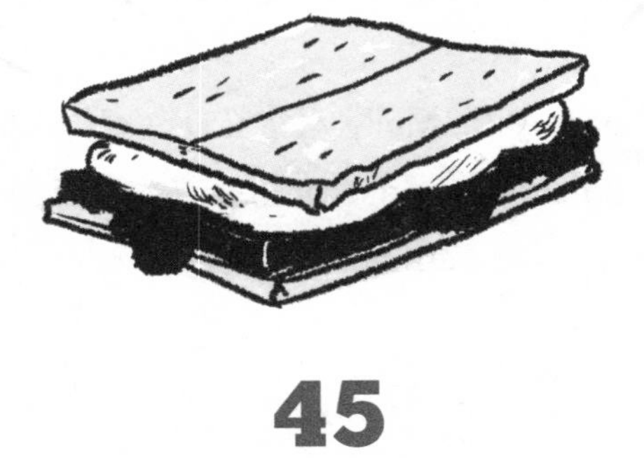

45

Hay pocas cosas en el mundo más mágicas que una fogata. Ese día le tocaba a la Zodiac preparar el fuego, y Barney lo encendió con el arco, que es un artilugio que consiste en un eje y una pieza de madera que permiten prender fuego por fricción. Es decir, que tienes que hacer un movimiento de sierra con una herramienta que parece un arco y girar el eje hasta que salte la chispa.

La chispa no tardó mucho en convertirse en llama y, después de engatusarla un poco con algo de musgo y de astillas que habían reunido las de la cabaña Woolpit, en un fuego.

Cuando el fuego rugía ya, se congregaron allí las Leñadoras de todas las cabañas. Las de la Zodiac llegaron con sus acordeones, y alguien de la Roswell llevó una guitarra. Maddy, de la Woolpit, tenía también una pandereta.

—Bueno, ¿qué cantamos? —preguntó Wren, de la Zodiac.

Mal regresó de la tienda de primeros auxilios con un paquete de hielo en el brazo y se sentó al lado de Molly en uno de los troncos que había junto al fuego.

—La enfermera Carol dice que cree que es solo un moratón —dijo contenta—. Así que debería estar bien en un día o dos.

—Genial —dijo Molly, y abrazó a Mal por los hombros.

Las exploradoras de la Zodiac estaban ensayando una versión al acordeón de «Bring Back».

—Beh —soltó Mal, sacando la lengua—. Si vamos a tocar con la Zodiac, más vale que escojamos temas mejores.

—¿*Vamos* a tocar? —Molly levantó la ceja y se señaló a sí misma con gesto extrañado.

—Bueno, sí… Es decir, si lo hacemos juntas, ¿crees que es algo que te podría apetecer?

Molly miró al grupo de la Zodiac. Parecían pasarlo bien. Wren se había hecho una coleta en lo alto de la cabeza y la sacudía a un lado y al otro mientras abría y cerraba los pliegues del acordeón. Cerraba los ojos al tocar. La luz del fuego se reflejaba en las teclas mientras sus dedos danzaban arriba y abajo.

—¿Y si doy pena? —dijo Molly, bajando la vista.

—Es imposible que des pena —aseguró Mal, cogiéndola de la mano—. ¡Y será guay aprender algo juntas! ¡Podemos hacer cada una una mano!

Molly asintió.

—Vale. Vale, aprenderemos a tocar el acordeón. Juntas.

—Excelente. —Mal contempló las llamas. Había una leve sonrisa en su cara.

—Voy a buscar más nubes —le dijo Molly. Y le dio a Mal un delicado beso en la frente antes de ir en busca de las golosinas—. Gracias por pedirme que toque contigo.

Las de la Zodiac dejaron «Bring Back» y se pusieron con «Call Me», de Blondie, que es algo más difícil de tocar pero, pensó Mal, una canción muchísimo más molona.

46

Cuando April se sentó por fin en un tronco junto al fuego, las llamas bailaban ya ávidamente sobre los leños y se alzaban hacia el cielo con sus dedillos flameantes.

Jo ayudó a Ripley a montar una brocheta multitueste para que pudiera poner al fuego cinco nubes a la vez.

April apoyó la barbilla en las manos y disfrutó del calor del fuego en la cara mientras el aire fresco de la noche le daba en la espalda.

Cuando se aseguró de que Ripley no iba a chamuscarlo todo, Jo volvió y se desplomó junto a April.

—Hola —murmuró esta.

—Hola. ¿Estás bien?

—Estoy repasando en mi cabeza el peor plan en la historia de las Leñadoras —explicó April, sin levantar la vista—, y en el que algunas de las personas más importantes de mi mundo casi acaban despachurradas o atrapadas en una nube. Rosie nos lo dijo… PRE-

PARAOS BIEN… AVERIGUAD todo lo posible antes de embarcaros en una aventura…, y yo no le hice caso en nada.

Jo le dio una palmadita en la espalda.

—Sí, vale, pero también nos salvamos gracias a ti, ¿no?, y a tu flipante habilidad con el lazo. Si no hubieses reaccionado tan rápido, ahora seríamos tortitas.

Mal y Molly llegaron con más aperitivos y se desplomaron al lado de April.

—Eh, ¿qué pasa? —preguntó Mal.

—Me estoy disculpando porque casi os hago papilla a todas y porque por mi culpa te has hecho daño en el brazo.

Mal la abrazó con el brazo bueno.

—No pasa nada. Mira, la enfermera dice que es solo un moratón. Me pondré bien.

—Tú no sabías que no era una montaña que podríamos subir y bajar —la consoló Molly, y se puso en pie de un salto para darle a April un achuchón.

—Si me hubiese fijado en las señales —masculló April—. Si hubiese mirado al cielo… el tiempo.

—Bueno, ninguna se fijó en las señales —dijo Jo—. Es decir, no las vimos, pero tendríamos que haberlas buscado. Así que todas la pifiamos. Y además, ¿sabes qué?

—¿Qué?

En ese momento, Ripley apareció dando brincos con las manos llenas de nubes tostadas.

Pompitas venía saltando con ella, cargado de brochetas.

—¡¡HOLA!! Eh, ¿qué pasa?

—Estamos hablando con April sobre lo más importante de ser leñadora —explicó Mal—. Que es…

Ripley saltó en perfecta formación de estrella, y las nubes volaron por los aires.

—¡¡¡AMISTAD A TOPE!!!

—Eso es exactamente. —Jo se puso de pie y comenzó a recoger las nubes del suelo—. Aun cuando las cosas salieron mal, aun cuando tomamos malas decisiones, no perdimos en ningún momento la AMISTAD A TOPE, y en eso consiste ser leñadora.

—Eh —dijo Mal—, si no fuera por la AMISTAD, seguiríamos ahí arriba en las nubes con doña Malas Pulgas Maillot de Baño y su banda de núbeos. Al final trabajamos todas en perfecta armonía, ¿no?

—Cuando trabajamos JUNTAS —dijo Molly—, se NOS ocurren planes increíbles.

—No dejemos nunca de hacer planes —suspiró Ripley—. Me encantan nuestras aventuras.

Una leve sonrisa asomó en la cara de April.

—¿En formación de abrazo grupal?

—¡SÍ!

—¡GENIAL!

—¡DOS PUNTOS POR LA GENIALIDAD!

—¡HURRA!

Al otro lado de la fogata, la banda improvisada de acordeones y panderetas y el coro de Leñadoras arrancó con un favorito del repertorio leñador, «You're No Rock'n'Roll Fun», de Sleater-Kinney.

No es la canción oficial del Campamento de las Leñadoras, pero es una buena elección para fogatas y abrazos grupales.

47

El fuego había entrado en modo resplandor de ascuas y las estrellas titilaban (que es su modo principal de funcionamiento). Las exploradoras, atiborradas de nubes y de otros aperitivos de fogata nocturna, volvieron a sus cabañas hasta que solo quedó la Roanoke.

April se estaba comiendo su cuarta y seguramente última nube de caramelo de la noche.

—Así que lady Dana fue la leñadora con más récords en la historia de todos los tiempos —dijo Mal—. ¿Y cuánto hace de eso?

—No lo sé —respondió April—. Los bastantes años como para que hubiese todavía maillots de baño y artilugios voladores.

—Puede que ya ni siquiera tenga ella esos récords. —Jo se quitó un pedacito de nube pegado al dedo—. Muchas Leñadoras son gente de esa que es buena en un montón de cosas. Además, la clave de los récords es que están hechos como para no durar. Además…

¡OSTRAS! —Jo sacudió la mano con fuerza—. Las nubes tostadas son como PEGAMENTO.

—Qué nubarrón —bromeó April.

—Nadie batirá nunca mi récord de comer tortitas —dijo Ripley sonriendo—. ¡MI RÉCORD ES IMBATIBLE!

—Sí, porque el estómago humano tiene sus límites —coincidió Jo.

—Hummmm. —Molly también estaba intentando quitarse los restos de nube de los dedos, usando el tronco como si fuese una servilleta de madera—. Debo decir que, al margen de récords, para ser una leñadora, lady Dana no era muy de amistad a tope.

—No… —dijo Mal—. Y además, en el arco de la entrada dice PARA CHICAS MOLONAS, y no PARA LA QUE MÁS CORRA Y MÁS INSIGNIAS TENGA.

—Ese es un punto importante. —Molly se quedó pensando si podía hacer un juego de palabras con ese «punto», pero cuando se disponía a hacer un intento…

—Buenas noches, exploradoras —bramó Rosie, que llegaba con los brazos cargados de leña—. ¡Menudo día! ¡Mi primer paseo en unicornio!

Dejó caer la abundante pila al lado del fuego y se enjugó la frente con la bandana. April levantó la mano.

—¿Sí, April?

—Hum. Eh. Pregunta: ¿tú has acabado así, eh…, alguna vez? Es decir, atrapada, de esa manera.

Rosie hizo crujir la espalda y estiró los músculos.

—Como toda buena exploradora, me he perdido muchas veces.

Ripley levantó la vista de su centro de torrefacción.

—¿Y tienes alguna historia chula que contarnos?

—Sí —respondió Rosie, y se sentó en el tronco al lado de Jo.

¡HORA DE CONTAR HISTORIAS JUNTO AL FUEGO!

¡POR FIN!

—Fue al comienzo de mi vida de exploradora —comenzó Rosie, echándose atrás, con las llamas reflejadas en sus gafas—. Por diosa, hace tantísimos años... Mientras comíamos, mi amiga Abigail y yo oímos a otras Leñadoras hablando de un rabioso dragón marino.

—¿Un rabioso dragón marino? —repitió April, aguzando el oído.

—Sí. —Rosie levantó una ceja—. Linus. Un rabioso dragón marino especialmente avinagrado.

April estaba prácticamente apoyada en el regazo de Jo, con los ojos como platos.

—¿Avinagrado? ¡Sigue, por favor!

Rosie se reacomodó en el tronco.

—Salimos a buscarlo, Abi y yo. Cogimos una balsa, algo de cuerda y una bolsa gigante de alubias de caramelo. Así que estábamos preparadas.

—¿Alubias de caramelo? —preguntó Mal.

—Para Linus —respondió Rosie, como si fuera de cajón, que tal vez lo era.

—ALUBIAS DE CARAMELO. —Ripley agitó los brazos en éxtasis, y luego añadió en un susurro—: Rosie nos está contando una historia...

La directora prosiguió:

—Llegamos hasta donde se suponía que estaban las cataratas; era una buena caminata. Mucho más larga de lo que esperaba. Además, por el camino nos cruzamos con una manada colosal de tortugas paralizadas, paralizadas y MORDEDORAS, y aquello fue un berenjenal, como podéis imaginar.

Todas asintieron.

—Así que ahí estamos, con una bolsa enorme de alubias de caramelo a cuestas, y se está haciendo de noche. Y encima la bolsa tiene un agujero y empieza a refrescar, y entonces nos damos cuenta... —Rosie soltó una risita y se dio una palmada en la rodilla—, ¡de que hemos estado siguiendo el mapa equivocado!

—BUAH —suspiró April—. ¿QUÉÉÉ?

—Así que allí no hay ningún Linus y ADEMÁS no sabemos dónde estamos. Menuda faena, nos hemos perdido. Abigail estaba que echaba humo. —Rosie sonrió traviesa—. Por suerte, habíamos ido perdiendo alubias a lo largo de todo el camino, así que pudimos volver a lo Hansel y Gretel hasta el campamento.

—Menos mal —murmuró Molly.

—¿Volvisteis? —preguntó April—. ¿Así es como conseguisteis la medalla de Exploradoras Extraordinarias?

Rosie se encogió de hombros.

—¿Sabes? No recuerdo cuándo nos dieron esa medalla. Después de las primeras insignias todo se hace un poco difuso. Lo que recuerdo sobre todo son las aventuras, no los premios. Las medallas solo son medallas. No es que te vayan a ayudar a cruzar un desfiladero o a encontrar agua en el desierto.

—Cierto —dijo April.

Rosie la miró y chasqueó los dedos.

—¡Me olvidaba!

Del bolsillo trasero del pantalón se sacó el cuaderno de April y se lo tendió:

—Creo que esto es tuyo.

—¡Eh! ¡Ni siquiera me había dado cuenta de que lo había perdido! ¡Gracias! —April estrechó el cuaderno contra su pecho.

—Muy bien. —Rosie se alejó del fuego—. Buenas noches, exploradoras.

Jo se quedó mirando el cuaderno de April.

—¿Sabes? —le dijo—, lo increíble de ti, lo que a todas nos parece genial, no son las cosas increíbles que haces, ni las insignias que tengas ni nada parecido, sino cuánto amas todo esto.

April se metió el cuaderno debajo del brazo.

—¿En serio?

—¡EN SERIO! —exclamaron a coro el resto de exploradoras de la Roanoke.

—Bueno, os quiero más que a nada, chicas —dijo April.

—¡FFÍÍ! —respondió Ripley, con la boca llena de nube.

Jo miró al cielo.

—Y además…

—¡ADEMÁS! —chilló April, poniéndose en pie de un salto—. ¡HAY UN DRAGÓN MARINO LLAMADO LINUS!

—Sí —dijo Mal—, pero antes de que vayamos a buscarlo, voy a acostarme y a dormir el sueño de mil Mals.

—Buena idea —secundó Molly.

—Supongo que estamos más para el arrastre que para rastrear —bromeó April.

Jen llegó justo a tiempo de ayudarlas a llevar a Ripley, a la que le había pegado el bajón de azúcar, de vuelta a la cabaña para un merecido descanso.

48

—Dormid un poco —les aconsejó Jen, de pie junto a la puerta y con la mano en el interruptor—. Ayer no hicisteis una sola cosa de la lista que os preparé, así que mañana tenéis una barbaridad de cosas pendientes.

Mal, Molly y Ripley se quedaron dormidas en cuanto su cabeza tocó la almohada. Pompitas, que se había acurrucado en una pila de ropa sucia en el suelo, era el que roncaba más fuerte.

April se sentó en la cama, linterna en mano, y abrió el cuaderno en su regazo.

Al lado del dibujo de la montaña, anotó: «Esto no es una montaña». Y también: «Último avistamiento conocido de la gran lady Dana Deveroe Anastasia Mistytoe».

Y a continuación pasó la página y escribió: «¿¿¿¿LINUS, EL DRAGÓN MARINO????».

Luego cerró el cuaderno.

Primero, dormir.

Las aventuras —y las lecciones— pueden acabar en muchos sitios cuando has terminado con ellas. En un cuaderno, por ejemplo. Cualquier clase de libro es muy útil, porque de ese modo puedes recordarlas siempre que quieras.

Pero esta vez, mientras April se echaba en la cama, la aventura pareció asentarse también en otra parte.

April se puso ambas manos sobre el corazón.

Levantó el pie y dio un golpecito a la litera de Jo.

—Buenas noches —susurró.

—Buenas noches —susurró Jo.

Jo ya había apagado la luz. Estaba mirando por la ventana; había una luna enorme y tan brillante que no hacía falta linterna.

Por supuesto, Jo sabía a qué distancia de la Tierra estaba la Luna. Pero aun así era curioso lo cerca que parecía estar esa noche. Casi daba la impresión de que podía alargar la mano y tocar…

Se inclinó hacia la ventana y apoyó las manos en el cristal.

¿Estaba más cerca la luna? En efecto. Pero eso era imposible, pensó Jo.

Y sin embargo, estaba más cerca. De hecho, los árboles se estremecieron, y algo que se parecía muchísimo a la luna se acercó aún más, descendiendo por entre las ramas como un barco gigante cortando las olas. Jo cerró los ojos. ¿Estaría soñando? ¿Se pueden cerrar los ojos soñando? Hubo un temblor, un ligero terremoto. Cuando abrió de nuevo los ojos, la luna… estaba ahí mismo, puede que a seis metros de distancia, resplandeciente.

Y algo, o alguien, bajó de su superficie surcada de cráteres y se perdió en la oscuridad de la noche.

¡INSIGNIAS!

PONLE LA GUINDA AL PASTEL

La decoración de pasteles es el arte de moldear flora y fauna en forma azucarada. ¡Ñam!

¡VENGA, ARRIBA!

¡Preparadas, montañeras! ¡Es hora de alcanzar nuevas cotas! Con esta insignia, las Leñadoras aprenden los fundamentos sobre nudos, cuerdas y gravedad necesarios para imponerse a la montaña.

DESAFÍO EN BANDEJA

¡La comida refinada es para todo el mundo! Las Leñadoras se enfrentan con esta insignia al reto básico de un banquete de tres, siete, doce y veinte platos, todo incluido, desde los fiambres a los aperitivos. *Bon appétit!*

PRIMOROSOS AUXILIOS

Torniquetes, vendajes, tablillas y tiritas. ¡Aprende a dispensar a tus compañeras Leñadoras unos cuidados que podrían salvarles la vida!

SEÑAL RECIBIDA

Entender es saber y saber es poder. Aprende a interpretar las señales que marcan tu ruta y asegúrate de que sigues el camino correcto.

KEBAB-BARIDAD

Carne en un pincho. ¡Eso no es para aficionadas! Esta insignia lo aborda todo, desde las especias al bello arte del asado.

TODAS A UNA

¡Las Leñadoras siempre se mantienen unidas! ¡¿Qué más necesitas saber?!

PIENSA EN VERDE

¡Horticultura en plena naturaleza! Aprende a conocer todo lo que es verde y crece (ya sea grande o pequeño) en el asombroso mundo natural.

QUE LA FORJA TE ACOMPAÑE

¡Domina el poder del fuego para manipular el metal! Con esta insignia, las Leñadoras descubren los placeres de la herrería, así como todo sobre mantenimiento de hornos y normas de seguridad.

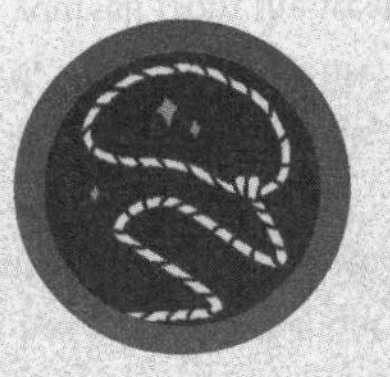

MY FAIR LAZO

Encuerda a tus compañeras con esta habilidad que puede salvaros la vida. Lo único que hace falta es una cuerda y mucho tiempo de práctica enlazando objetos con ella.

PAZ Y LABOR

Cada colcha contiene la historia de una multitud de retales cuidadosamente cosidos. ¡Y encima se está calentita!

MALVADISCO

Domina el arte de la nube, el más exquisito dulce de la vida al aire libre, y conviértete en la reina de la fogata.

DIETA MUESLITERRÁNEA

¡Cereales! ¡Son todo beneficios para el cuerpo! Prepara tus desayunos saludables o alimenta a todo un campamento hambriento con este fantástico alimento.

ACORDES ACORDEONES

Tanto si es en solitario como en cuarteto, la melodía del acordeón agrada a cualquier oído. Con esta insignia, las Leñadoras estudiarán todo lo relacionado con este instrumento, desde las escalas a modernas composiciones para acordeón.

LICENCIA PARA HORNEAR

¿Quieres saber cuál es el secreto para unas obras de cerámica perfectas? ¡Solo tienes que subir la temperatura!